Les Écoptimistes

DOROTHÉE
MOISAN

Les Écoptimistes

Remèdes à l'éco-anxiété

Éditions du Seuil

Ce livre est publié en partenariat entre les Éditions du Seuil
et La Pile, l'association qui édite « Reporterre »,
le quotidien de l'écologie.
Collection dirigée par Hervé Kempf.

ISBN 978-2-02-152337-9

www.reporterre.net
www.seuil.com

« Ne doutez jamais qu'un petit groupe de personnes peut changer le monde. C'est toujours ainsi que le monde a changé. »

MARGARET MEAD

ÉCO-ANXIÉTÉ : sentiment de détresse lié au dérèglement climatique, et plus largement à la destruction de la planète et de ses habitants.

ÉCOPTIMISME : capacité à dépasser l'éco-anxiété et à garder le feu sacré face à un avenir obscur et néanmoins lieu de tous les possibles. Par extension, le devenir de tout éco-anxieux après la lecture de ce livre.

À tous les éco-anxieux.

Rire est encore possible.
C'est même fortement conseillé.

À mes Écoptimistes.

Désormais, je n'ai plus d'excuse.
Je sais que tout est possible.
Merci pour l'aventure.

INTRODUCTION

Tous écoptimistes !

Que les choses soient claires : notre monde va disparaître. À la fin du film, la civilisation humaine rend son tablier, n'en déplaise aux champions de l'immortalité Jeff Bezos et Mark Zuckerberg. La faute au changement climatique et, plus largement, à la bêtise humaine. Une fois ce constat posé, qu'est-ce qu'on fait ? Un suicide collectif ? N'étant moi-même ni lemming[1], ni kamikaze, j'ai préféré confier mon moral déclinant aux « Écoptimistes », une belle troupe de saint-bernards, tonnelet de schnaps vissé au cou. Qui de mieux placés pour sauver une journaliste prise dans une avalanche d'éco-anxiété ? Telle une rasade d'eau-de-vie, leurs réjouissantes recettes de survie m'ont revigorée, et leur goût pour l'action redonné l'appétit. Si ça a marché pour moi, pourquoi cela ne fonctionnerait-il pas aussi pour d'autres ?

En tout cas, c'est le pari que je fais en écrivant ce livre. Alors oui, je sais, à se montrer optimiste, on s'expose toujours à paraître un peu niais. Mais au pire, qu'est-ce qu'on risque ? De passer un bon moment ? Ça se tente, non ? La vie est si expéditive et le dérèglement climatique si galopant qu'il est urgent de cultiver la joie et la légèreté. À quoi bon le spleen et la neurasthénie ? La mort avant la mort ? Certes, vivre en ce début de XXIe siècle, entre pandémies, guerre en Ukraine, inondations, canicules et ouragans, ce n'est pas l'extase tous les jours. Mais c'est tout de même hautement plus festif que de naître au Moyen Âge ! Il est vrai qu'on a un peu trop joué les termites dans la maison qu'on habitait, mais... on a encore une maison. Si la mort est proche, apprivoisons-la ! Et comme nous y encourage Victor Hugo, étonnons « la catastrophe par le peu de peur qu'elle nous fait ».

D'autant que ce n'est pas de nous amuser qui va affaiblir notre combat. Au contraire. « J'aimerais bien être une personne capable d'aider les autres, me confiait récemment une scientifique du Giec[2]. Mais si je ne vais pas bien, je ne peux pas le faire. » Tout est dit. Et puis, ce n'est pas comme si on manquait d'entraînement : depuis que nous sommes nés, nous savons pertinemment que nous allons passer l'arme à gauche. De vieillesse ou d'un accident de trottinette. Pourtant, cela ne nous empêche pas de nous lever le matin. Nous rivalisons même d'ingéniosité (du moins certains d'entre nous) pour tirer le meilleur parti de ces quelques décennies qui nous sont offertes par la « Mondiale des Jeux » et devenir, selon nos envies, un saint, un salaud, ou les deux. Plutôt que de déprimer ou de procrastiner, il est urgent de sortir du lit. Et de profiter de chaque instant. Si on transformait les boulets qu'on a aux pieds en patins à roulettes, notre colère en énergie positive ? Certains s'y attellent tous les jours et y parviennent très bien. Pourquoi pas nous ?

C'est le moment de vous avouer un secret : ce livre est écrit à l'encre sympathique. Pas celle, invisible, des espions de la CIA, mais à l'encre *vraiment* sympathique, celle qui permet de garder la pêche : pour l'obtenir, j'y ai mélangé quelques gouttes de l'élixir contenu dans le tonnelet de mes Écoptimistes. À lire et partager sans modération. C'est dans la joie que l'on gagne la lutte. Et dans la lutte qu'on gagne la joie.

À présent, il me faut révéler comment j'ai fait la connaissance de mes sauveteurs. Depuis vingt-trois ans, j'enquête pour raconter le monde et ses coulisses. J'ai toujours refusé d'écrire à la première personne. À quoi bon m'exposer et vous imposer le filtre impudique de ma subjectivité ? Mais ça, c'était *avant*. Avant l'Éveil et ma découverte de l'Anthropocène. Mais si, vous savez bien, l'Anthropocène, cette « ère de l'Homme » qui, en deux siècles à peine, a vu les activités humaines détraquer le climat et défigurer la planète au point de la rendre bientôt inhabitable. Comment mettre de la distance quand on parle de sa propre maison, de l'endroit incroyable dont on est locaTerre ?

Longtemps, j'ai cru que c'était par aveuglement que nous avions déréglé le climat en déversant des milliards de tonnes de dioxyde de carbone dans l'atmosphère, empoisonné la planète à coups de poisons chimiques ou exterminé une bonne partie des espèces. Comment aurions-nous pu causer un tel désastre en connaissance de cause ? Impossible. Longtemps, j'ai profité de mon portefeuille bien garni de salariée occidentale pour m'acheter tout ce dont je n'avais pas (vraiment) besoin, sans imaginer un seul instant l'impact de ces produits sur les ressources planétaires et sur mes frères démunis des antipodes. Et puis, un jour d'avril 2015, je suis tombée par hasard sur un hors-série de *60 Millions de consommateurs*. Son titre : « Entretenir sa maison au naturel ». Comme quoi, une révolution ne tient pas à grand-chose…

C'est là que moi, la journaliste pourtant surinformée, j'ai découvert, ébahie, qu'en faisant le ménage à coups de Majax et de Caneton WC, je polluais mon foyer bien plus sûrement qu'en l'abandonnant aux poussières et aux toiles d'araignée. En pensant assainir ma maison, m'expliquait-on, je la souillais « de produits bourrés de substances dangereuses pour la santé et la nature ». L'évidence est tombée toute crue : tout ne tenait qu'à une lettre. Pendant quarante ans, je m'étais laissée *bercer* par le marketing de l'industrie sans jamais me poser de question. Je prenais soudain conscience que je m'étais plutôt laissée *berner*... L'avalanche était déclenchée. Elle m'a essorée des années durant : des produits ménagers, je suis remontée aux cosmétiques toxiques avant de passer à l'alimentation industrielle, pesticidée ou ultra-transformée. Pour arriver à la mère des batailles : le climat.

Lorsqu'à 42 ans j'ai quitté l'Agence France-Presse et repris mes études pour mieux comprendre la crise climatique, j'ai – enfin – commencé à dessiller mes yeux aveuglés par les récits glorieux sur l'Homme et son inarrêtable progrès. J'ai découvert que des alertes, il y en avait eu... dès le XVIIIe siècle. De philosophes, d'économistes, de scientifiques... Sauf que leurs voix avaient été étouffées ou marginalisées. Et si, depuis trente ans, les dirigeants, avisés par le Giec, ne peuvent plus se cacher derrière l'ombrelle du doute, l'inertie reste pourtant l'effort politique le mieux partagé. À tel point qu'un réchauffement de 4 °C par rapport à l'ère préindustrielle n'est plus inimaginable pour la fin de ce siècle. Or, pour reprendre les mots de Hans Joachim Schellnhuber, fondateur de l'Institut renommé de Potsdam sur les effets du changement climatique : « la différence entre deux et quatre degrés, c'est la civilisation humaine ». Tout simplement. Pour espérer ne serait-ce que freiner le phénomène, on devrait réduire nos émissions de gaz à effet de serre de 5 %

par an ; on les augmente chaque année. Pour enrayer la pollution, on devrait immédiatement réduire la production plastique ; n'en déplaise aux cotons-tiges, elle croît de 3 % par an. Pour le dire simplement : si on continue comme ça, on va droit dans le mur. La fin de la civilisation telle que nous la connaissons actuellement est irréversible. La seule inconnue en est la date.

Eh, revenez ! Ce n'est pas le moment de commettre l'irréparable, hein ? Pour moi non plus, vivre n'allait plus vraiment de soi après l'Éveil. Puisque l'humanité est dans le déni et ne veut pas savoir qu'elle court à sa perte, à quoi bon exister ? Comme tant d'autres, j'ai découvert l'éco-anxiété et son cortège de tristesses. J'avais l'énergie dans les chaussettes, le moral d'un cafard et, sous les yeux, un écran noir sans une once de verdure. Mais une fois le choc encaissé et la pente dévalée, il a bien fallu se relever. Et répondre à la seule question qui comptait : comment survivre avec ces sales idées en tête ? Pour chasser ces angoisses, j'aurais pu aller faire la tournée des psychothérapeutes, mais plus que d'un diagnostic, j'avais besoin d'inspiration. Et pourquoi pas celle venue de champions ordinaires : d'hommes et de femmes qui, bien qu'aux premières loges du désastre, étaient parvenus à dépasser leur anxiété et à garder la niaque ? À quelle branche ces diables de rescapés s'étaient-ils raccrochés pour survivre aux perspectives croisées du changement climatique, de la sixième extinction des espèces, de l'épuisement des ressources et des pollutions en tous genres ? C'était décidé : j'allais me mettre en quête des alchimistes qui avaient trouvé l'astuce philosophale, l'élixir susceptible de transformer l'angoisse paralysante en une émotion joyeuse et positive.

D'abord, il me fallait leur donner un nom. Parce qu'un saint-bernard, ça a beau avoir une bonne gueule, mes champions risquaient de ne pas goûter la comparaison. Les Écolo-Fun ? Mouais… Les Écopositifs ? Non, trop médical. Et si je les appelais les Écoptimistes ? Ça claque, non ? Ça donne envie d'en être, surtout. Précision importante : je ne parle pas ici d'optimistes béats, convaincus qu'éteindre la veille de la télé suffira à nous sauver. Non, mes Écoptimistes à moi sont pleinement conscients qu'à la vitesse où elle roule, l'humanité fonce dans le mur et que les efforts nécessaires pour dévier sa trajectoire sont colossaux. Néanmoins, alors qu'ils ont plus de raisons que quiconque de se pendre, ils arrivent encore à s'amuser. À sourire. À rebondir. À agir. Voire à « kiffer leur race ». Autant vous dire que je les aimais avant même de les avoir rencontrés.

C'est en janvier 2022 que je me suis lancée à leurs trousses. Ils seraient neuf. Je serais la dixième : l'Écoptimiste en devenir. Cinq hommes, quatre femmes, de 22 à 78 ans, connus ou anonymes, de milieux et de secteurs différents. C'est Franck Courchamp, écologue en région parisienne, qui a ouvert le bal. Je le connaissais pour l'avoir croisé quelques années plus tôt à l'occasion d'une interview. J'avais le souvenir d'un vulgarisateur hors pair, d'un gamin de 50 ans qui faisait de la science comme d'autres jouent au flipper : avec enthousiasme et gourmandise. Et puis, un jour au téléphone, alors que je l'appelais sur un tout autre sujet : « Au fait, Franck, avec tout ce que tu sais sur l'effondrement du vivant, tu dois être en pleine dépression, non ? Tu arrives encore à t'amuser ? – Mais je m'amuse 95 % du temps ! » Je venais de tomber sur mon premier spécimen.

Munie de ma baguette à Écoptimistes, j'ai continué ma chasse, la truffe au vent. Ma première impression a parfois été contredite par notre prise de contact : celui-ci était inspirant mais manquait de légèreté, celle-là m'avouait qu'elle était en pleine dépression. La mort dans l'âme, j'ai dû disqualifier tel ou telle, pour être certaine de ne vous offrir que des Écoptimistes pure race, répondant à tous les critères que je m'étais – de façon totalement arbitraire – fixés. Après Franck, j'ai craqué pour une autre chercheuse : Heïdi Sevestre. Heïdi est glaciologue, autant dire une scientifique en fonte libre, mais surtout une bombe d'énergie comme j'en ai rarement rencontrée. Vu que je voulais rire un peu (plus), j'ai ensuite misé sur un humoriste écolo. Et je dois avouer que Guillaume Meurice ne m'a pas déçue. Ni en termes de rires par minute, ni en termes de sérénité face au chaos général.

Je voulais absolument qu'une jeune militante climat fasse partie de l'aventure : ce fut Louise Arrivé, une Minimoy passionnée d'intelligence collective dont je suis certaine qu'on réentendra parler. Face à la benjamine de l'équipe, Gilles Clément, le jardinier planétaire, assure la base arrière : un aîné pas si sage à la résistance ancrée dans le sang. C'est à cent kilomètres à l'ouest que j'ai mis le grappin sur Léonore Moncond'huy, la jeune maire de Poitiers, qui a fait de l'éducation populaire sa boussole. À l'heure où les technorassuristes ont damé le pion aux climatosceptiques dans la course à l'inaction, je me suis dit qu'on aurait bien besoin d'un ingénieur… vraiment ingénieux. D'un *Homo sapiens* qui avait compris qu'un dessalinisateur solaire sauvera bien plus de vies qu'une fusée pour Mars. Dans le rôle de Géo Trouvetou, j'ai nommé Corentin de Chatelperron, l'expert en sobriété le plus iodé du pays. Aux avant-postes, on trouvera également Anne de Béthencourt : j'ai trouvé passionnant de voir comment une marketeuse de la malbouffe avait pu se transformer en un missile autopropulsé de conversion écologique. C'est à ce moment-là que j'ai explosé mon bilan carbone et passé la tête de l'autre côté de la frontière… suisse. La faute à Guillermo Fernandez, qui, à la lecture du Giec, venait de se transformer en un papa d'écoptimisme massif.

Depuis, pas un jour ne passe sans que je convoque la maxime de l'une ou l'autre d'entre eux. Ils étaient avec moi ce 19 juillet où, comme chaque jour avant d'écrire, j'étais allée me baigner dans l'océan : la température extérieure était de 27 °C. En Bretagne Nord, à 6 heures du matin. En contemplant le soleil rougeoyant, j'ai été traversée par un sentiment puissant de finitude. Idem le 5 août, quand cette alerte s'est affichée sur mon téléphone : « Sécheresse : plus d'une centaine de communes en France sont privées d'eau potable ». Ça y est, ça commence, me suis-je dit. Sans compter ces inondations effroyables au Pakistan et ces tweets rageurs de sinistrés s'insurgeant contre les pays occidentaux responsables de leur perte. Tout ce que j'avais lu, étudié, attendu, était en train de se concrétiser sous mes yeux. Bien plus vite que je ne l'aurais imaginé. Dans ces passes difficiles, mes Écoptimistes sont devenus mes Jedi[3]. Leur exemple et leurs mots m'ont portée. Au moment d'écrire ces lignes, j'ai bien conscience de n'être qu'une modeste padawan[4]. Je ne maîtrise pas encore complètement le côté lumineux de la Force. Mais je m'en approche un peu plus chaque jour… Juste un peu de patience.

Bien que ce livre n'ait absolument rien d'une étude sociologique, tant l'échantillonnage fut arbitraire et la méthode empirique, des constantes sont clairement apparues chez les Écoptimistes que j'ai rencontrés. *Primo*, tous sont des éco-actifs. Autrement dit, tous s'engagent pour faire changer les choses et ne pas les subir. Juste et désintéressée, l'action leur est essentielle. Ils partent du postulat que tout est possible. Et tant pis si, parfois, leur projet échoue. Le voyage à lui seul aura valu l'énergie dépensée. On revient toujours au fameux aphorisme de Guillaume le Taciturne sur la puissance de la volonté : « Point n'est besoin d'espérer pour entreprendre, ni de réussir pour persévérer. »

Autre point commun, tous refusent d'opposer entre elles les chapelles écolos : à quoi bon mettre dos à dos le plaidoyer et l'activisme de terrain, la parlotte et la désobéissance civile, la politique parlementaire et les outils d'intelligence collective ? La bataille à mener est de telle ampleur que toutes les bonnes volontés sont les bienvenues et toutes les stratégies complémentaires. D'ailleurs, tous impressionnent par leur ouverture aux autres. Que ce soit dans la rue, au café ou en pleine nature, ils offrent aux inconnus leur plus large sourire. Sans méfiance ni jugement. De quoi faire naître de belles rencontres, en même temps que des geysers d'énergie. Du pouvoir du sourire et de l'humour chez les Écoptimistes. Que Guillaume reçoive un e-mail d'insultes pour une chronique qui a déplu ou que Heïdi rencontre la Compagnie du Ponant dont le brise-glace touristique la hérisse, tous deux adoptent une jovialité hors du commun qui a pour effet de désarmer leur interlocuteur et d'ouvrir la porte au dialogue.

La créativité est également un marqueur récurrent. Que ce soit dans la pensée, la vulgarisation, l'exploit ou la mécanique, tous inventent. On ressent chez eux la curiosité, la fraîcheur et la jouissance de la nouveauté. L'audace aussi : sortir de leur zone de confort est pour eux aussi familier que vital. Tous ont su faire « le pas de côté » cher à Gébé, auteur en 1971 de la bande dessinée visionnaire *L'An 01*[5]. Faire un pas de côté et transmettre le virus aux nouvelles générations pour qu'elles développent leur propre ribambelle de variants et lancent leur propre révolution. Révolutionnaires, ils le sont chacun à leur manière, mais tous ont en ligne de mire le système capitaliste. Tous œuvrent ou militent pour son abandon, seul préalable à un monde plus juste et moins planétivore.

Le courage ensemble plutôt que la fuite tout seul. Face à l'équipe des *écoïstes* qui construisent un bunker dans leur jardin, ils ont choisi la *team*[6] du Nous. D'ailleurs, le « je » n'est pas vraiment leur préoccupation : il sert juste de tremplin pour défendre leurs idées. Une de leurs priorités est simplement… de faire du bien aux autres. Une bienveillance galvanisante, une solidarité communicative. J'avoue, auprès d'eux, avoir pris une grande leçon d'humilité. De dérision aussi : qu'est-ce qu'on s'est marré ! D'humanité enfin. Car tandis que, dans le métro parisien, les visages disent leur tristesse de vivre à notre époque, eux s'en disent ravis. Voire excités et même fiers de participer au plus grand défi que l'humanité ait jamais eu à relever : sa propre survie.

Un dernier point : ne cherchez pas la faille, car vous la trouverez probablement. Aucun d'eux n'est parfait, et encore moins parfaitement écoptimiste. Eux aussi sont parfois à la peine. Tel Guillermo qui, quelques semaines après une grève de la faim vécue « comme sur un nuage », a fait un *burn-out* climatique. Eux aussi parfois se contredisent. Tel Franck assurant voir toujours le verre à moitié plein et pourtant dépité d'avoir fini en marchant son dernier marathon.

J'espère sincèrement que ces portraits ranimeront votre enthousiasme. L'inspiration viendra peut-être d'une petite phrase, d'un personnage plutôt que d'un autre. De mon côté, ce que je retiens de cette aventure, c'est que la joie se niche dans l'action. Que ce soit en faisant mes confitures ou en révélant les stratégies climaticides de Total. Mes petits gestes ne suffiront peut-être pas à sauver l'humanité, mais ils m'ancrent dans le faire et m'autorisent à me regarder dans la glace le matin. Grands ou petits, mes actes ont cette puissance inouïe de participer à bâtir une nouvelle société, plus sobre, plus engagée, plus conviviale que celle des gros sous et du chacun pour soi. Comme l'écrit le philosophe Jean-Pierre Dupuy, une fois convaincus que l'humanité se dirige vers un effondrement, notre force est de « refuse[r] de croire que c'est inéluctable ». C'est d'ailleurs « l'unique possibilité de salut. [...] C'est parce que nous nous fixons sur cet événement inéluctable qui, peut-être, ne se réalisera pas, que nous trouverons, peut-être, les moyens de faire qu'en effet l'inéluctable ne se produise pas[7] ». Et si la meilleure option pour garder le sourire et l'envie de vivre, c'était de rejoindre la folle communauté des gens aux yeux ouverts ?

Franck Courchamp, écologue

LE ROI DES ANIMAUX

« L'homme est un être complexe : il fait fleurir les déserts – et mourir les lacs. »

GIL STERN[1]

« Si les gens savaient, ils auraient plus de respect pour les poux. Imagine… C'est comme s'ils vivaient sur des îles entourées d'eau : ils ne peuvent survivre que sur une tête humaine. Cela signifie que tous les poux qui existent en ce moment sur Terre sont issus d'une longue lignée ininterrompue de poux : de parents poux, d'arrière-grands-parents poux… qui, tous, sont parvenus à passer de tête en tête. Cette suite de succès depuis des centaines de milliers d'années, je trouve ça extraordinaire ! » Ce n'est pas qu'il n'aime pas « les jolies fleurs », mais à choisir, Franck Courchamp s'extasiera plutôt devant les poux – captivants vampires de têtes –, « l'hallucinante beauté d'un œil de mouche, plus complexe que la plus complexe des machines fabriquées par l'Homme », ou même le coronavirus SARS-CoV-2, « petit joyau de l'évolution qui échappe à tous nos efforts ». Plus qu'à l'esthétisme béat de la nature, sa fascination va depuis toujours à sa sublime sophistication. Sa « complexité élégante », comme il dit.

Près de deux cents études publiées, des invitations aux plus grandes conférences internationales : Franck « n'est pas bon, il est excellent ». D'ailleurs, « c'est un des scientifiques les plus cités au monde » en matière de biologie de la conservation. Le compliment et l'intarissable faconde qui le lange viennent de Gilles Bœuf, brillant biologiste lui aussi, ancien président du Muséum national d'histoire naturelle et challenger sérieux au titre d'écoptimiste. Même générosité, même enthousiasme communicatif, même virtuosité à raconter des histoires : les deux hommes se vouent, à une génération d'écart, « une admiration sans borne ». D'ailleurs, qui d'autre que l'aîné pour remettre au cadet les insignes de chevalier de l'ordre national du Mérite ce jour de mars 2022 : « Ce que j'admire chez Franck, témoigne alors Gilles Bœuf devant la quarantaine d'invités, c'est son insatiable curiosité », « son anticonformisme » et sa manière de « diffuser l'information scientifique au grand public sans tricher avec la réalité. C'est un super-communicateur », en même temps qu'un « *happiness officer*[2] ». Tout était dit.

Franck Courchamp

Après une thèse à Lyon sur le sida du chat, quelques années de post-doctorat en Californie sur les invasions biologiques, puis à Cambridge sur la coopération au sein des espèces, Franck a été recruté en 2000 par le Centre national de la recherche scientifique (CNRS) où il s'est mis à étudier l'impact du changement climatique sur la biodiversité. Il est devenu en 2008 le plus jeune directeur de recherche de l'institution, avant de se voir décerner à 40 ans la prestigieuse médaille d'argent du CNRS. Étudiant boursier, issu d'une famille peu fortunée, il est fier d'être « un pur produit de l'éducation française académique » : « Si ça avait été payant, je n'aurais pas fait d'études. » Depuis plus de vingt ans, c'est avec un large sourire qu'il se rend tous les matins au laboratoire d'Écologie de l'université Paris-Saclay, un bureau en pleine forêt où il n'est pas rare d'assister à l'entraînement d'écureuils acrobates.

Du vivant, Franck Courchamp a fini par percer de nombreux secrets. En 2015, il crapahute avec sa famille dans le parc national de Sequoia en Californie. Comme à chaque voyage, il brosse avec passion le portrait et l'intimité de la moindre bestiole. Ce jour-là, il explique à Cyrian et Laurine, âgés de 11 et 13 ans, que les graines des séquoias ont la particularité de germer avec le feu. Faute d'avoir compris cela, les efforts menés durant des décennies pour limiter les incendies ont en réalité contribué à la quasi-disparition de ces géants du parc. Une touriste française surprend son récit et soupire bruyamment : « Comme je n'aimerais pas avoir un père comme ça qui explique tout... Ça doit être insupportable ! » L'homme est meurtri, ses rejetons déconcertés, eux qui sont si fiers de ce père qu'ils surnomment « le roi des animaux ».

Le problème, quand on étudie les rouages merveilleux de la nature, c'est qu'on est l'un des premiers à réaliser que la mécanique est grippée. Qu'en trente ans à peine, 80 % des insectes et 30 % des oiseaux ont disparu en Europe. À ceux qui l'interrogent sur la sixième extinction des espèces, l'écologue répond simplement qu'« on est sur le pas de la porte et [qu'] on n'a aucune chance d'y échapper ». Sa famille, ses amis, ses collègues ne le voient jamais déprimé. Il y a des jours pourtant où les nouvelles sont si noires que « l'éternel positif », comme l'appelle Gilles Bœuf, n'a d'autre choix que d'accuser le coup. À l'abri des regards.

Ce fut le cas au printemps 2019 : au siège parisien de l'Unesco, il participe alors à l'assemblée plénière de la Plateforme intergouvernementale sur la biodiversité et les services écosystémiques, l'Ipbes, souvent décrite comme le « Giec de la biodiversité ». Il a lui-même contribué au rapport sur l'état de la nature, mille pages qui doivent être publiées à l'issue de la plénière. Durant une semaine, il prend progressivement connaissance de l'intégralité du document. « Ça a été très dur », avoue-t-il trois ans plus tard. Chaque soir, l'éco-anxiété le guette derrière la porte capitonnée de sa chambre d'hôtel où il ressasse l'implacable et fulgurant effondrement du vivant. Hypersensible, l'écologue peine parfois à retenir cette émotion qui le submerge, comme ce jour-là devant Yann Arthus-Bertrand avec lequel il écrit en 2020 le film *Legacy* évoquant la destruction de la planète. En lisant au photographe le script à voix haute, sa gorge se serre, et les larmes lui montent aux yeux.

Et pourtant… Pourtant, Franck s'amuse. « 95 % du temps », d'après ses estimations. La faute à l'inné, d'abord. « Je suis quelqu'un de fondamentalement positif », aime à répéter ce touche-à-tout, cheveux ras, barbe de trois jours, une inextinguible étincelle d'espièglerie dans le regard. « Quand le verre est aux trois quarts vide, je le vois à un quart plein. » Rire. De tout. Tout le temps. Ne pas se prendre au sérieux. Parce que la façade a de l'importance et influe sur le moral intra-muros. Parce que se lamenter ne servira à rien. Et que dramatiser ne ralentira pas le rythme des extinctions que l'Homme, par ses activités, a rendu cent à mille fois plus fréquentes que la normale. À la fac, Franck est connu comme le loup blanc de l'humour potache. Et quand les éditions First lui commandent *L'Écologie pour les nuls*, dans leur célèbre collection jaune et noire, ce fan de Coluche et de la série *Kaamelott* exulte car, lui dit-on, il « faudra » être drôle. L'ancien « clown de la classe » va passer 500 jours et 426 pages à la chasse aux jeux de mots. Matin, midi, soir. Parfois jusqu'à l'insupportable. « À la fin, c'était si truffé de blagues qu'ils ont été obligés de le freiner... », se gondole encore son frère Stéphane.

À 52 ans, Franck rigole de se sentir « comme un jeune bloqué dans un corps de vieux ». De son enfance, il a d'ailleurs gardé le goût du jeu. Plus précisément des jeux vidéo de stratégie qui le catapultent dans un monde fantastique où la science devient fiction. Dans l'univers de *WarCraft*, par exemple, le héros doit collecter des ressources afin de construire des bases et créer des troupes de façon à combattre l'armée adverse. Laurine se souvient de la période *Star Wars* de son père comme si c'était hier : « Dans la maison, on entendait souvent des petits bruits. C'était lui qui jouait sur son téléphone... » Tout le temps, partout, frénétiquement. Aussi déconnectés de la réalité soient-ils, ces jeux sont bien moins anodins qu'il n'y paraît. Outre l'évasion et le bien-être qu'ils procurent, ils ont accompagné le chercheur dans l'un de ses derniers projets : *InvaCost*, qui vise à évaluer le coût – faramineux – des invasions biologiques au niveau mondial. « Il faut savoir anticiper les entrées et les sorties de ressources, tout gérer en même temps... Vingt ans de jeux de stratégie en temps réel m'ont clairement préparé à ce projet de recherche qui fait intervenir une centaine de collaborateurs dans une quarantaine de pays. Les chercheurs sont devenus mes héros ! »

Des héros. C'est peut-être ce qui est le plus marquant chez Franck : sa capacité à s'entourer de héros. Ou plutôt sa faculté à faire des héros de celles et ceux qui l'entourent. Une main levée au fond de l'amphi : « Franck sait convaincre l'autre qu'il est meilleur qu'il ne croit. » La parole est à Christophe Diagne, ancien post-doc à Paris-Saclay. « Je ne me suis jamais senti aussi responsabilisé et talentueux que sous sa direction. J'ai énormément gagné en confiance durant ces quatre années. Il m'a fait faire des trucs que je n'imaginais même pas, peut-être par contagion de son énergie. » Et quand ses troupes sont abattues ou découragées, il les relance en leur rappelant la qualité de ce qu'elles ont déjà accompli. L'important, leur déclare-t-il souvent pour réduire leur niveau de stress, « c'est de contrôler ce qu'on peut contrôler, et de se faire une raison sur le reste ». Autrement dit : « Si un problème n'a pas de solution, ça ne sert à rien de t'inquiéter. Et si un problème a une solution, alors... ça ne sert à rien de t'inquiéter non plus ! »

Maison ou université, le quinquagénaire applique les mêmes recettes. « Il est rassurant et très déculpabilisant », observe sa fille. « Et quand je suis stressée, il me dit de faire une pause. D'ailleurs, lui-même, il travaille comme un fou mais, dès qu'il en a marre, il joue, il part faire du vélo... » Ah, Franck et l'art de la pause... Il la théorise depuis des années. Pour lui, les temps de pause sont aussi importants que les temps de travail. « On est beaucoup plus efficace quand on apprécie ce qu'on fait, martèle-t-il. Ça a changé toute ma façon de travailler. » Au labo, les pauses-café sont d'ailleurs devenues aussi nombreuses que les dessins de chat sur les murs. Et l'efficacité ? Au top.

Éminemment disponible pour ses étudiants, Franck Courchamp accorde autant d'intérêt à leurs qualités sociales – intelligence émotionnelle, esprit d'équipe, sens de l'écoute – qu'à leurs qualités scientifiques. Il leur rappelle régulièrement que la coopération est au moins aussi puissante et efficace que la compétition. Franck, c'est l'ultra-gentil qui déteste le conflit. La hiérarchie le met mal à l'aise et il se voit « plus en responsable qu'en chef ». Fusionnel et empathique avec son équipe, il l'emmène en retraite une fois par an lors d'une semaine mémorable. Son graal, la transmission ; sa seule envie, leur réussite : « C'est pour eux que je me donne comme un fou. Je veux qu'ils deviennent meilleurs scientifiques que moi. »

Au plus fort de l'épidémie de Covid-19, de nombreux étudiants sont tombés en chute libre. Isolés, démotivés, beaucoup ont broyé du noir dans leur chambre minuscule. Pas dans l'équipe de Franck où se sont multipliés les apéros Skype. L'Écoptimiste a compris que souder une équipe, c'était la rendre plus forte, plus résiliente, plus gaie aussi. Alliage indispensable à cette soudure, la bienveillance. Sans oublier la fête. Pas n'importe où : en cuisine. Car au laboratoire d'Écologie, la cuisine n'est pas une pièce tout à fait comme les autres. C'est plutôt une salle des trophées. Au mur est épinglé un curieux « trombabynoscope » : s'y télescopent les photos de seize adorables bambins, témoins du passé des membres de l'équipe. Mais surtout, sur une étagère en hauteur, s'aligne une étrange caravane de bouteilles vides, du goulot desquelles dépasse une feuille A4 enroulée sur elle-même. À vue de nez, une quarantaine de cadavres originaires de Bretagne, de Finlande ou de Singapour. L'idée est née dans la tête du directeur de recherche il y a une dizaine d'années. La règle est la suivante : le jour où un des membres de l'équipe publie un article dans une revue scientifique, il en imprime la première page et amène un breuvage qui lui est cher pour fêter l'événement. « Lorsqu'on publie un article, il y a tellement d'étapes entre les révisions, les évaluations, les soumissions… qu'il n'y a jamais un moment où l'on célèbre vraiment ça. Cette petite cérémonie donne un côté concret à leur réussite. »

Si Franck Courchamp a une confiance infinie en ses collègues et sa famille, il en manque pourtant pour lui-même. Est-il suffisamment bon ? Ne doit-il pas toute sa carrière à la chance plutôt qu'à ses compétences ? S'il a fini par s'accommoder de cet opiniâtre syndrome de l'imposteur – « Après tout, si tout le monde pense que je suis compétent, c'est que je le suis peut-être ; et si je ne le suis pas, tant pis, ça a l'air de fonctionner comme ça » –, il a surtout la faculté de capitaliser sur l'avenir. Il est convaincu de la réussite de tout ce qu'il initie. Crois que tout est possible, et tout deviendra possible. Une attitude qui bluffe son entourage : « Il prévoit des trucs infaisables et réussit toujours », s'extasie Christophe, son meilleur complice de marrade. Son secret ? « Il y croit contre vents et marées, et ne se décourage vraiment pas facilement », décode Céline Bellard, qui, après avoir été sa thésarde, travaille à ses côtés depuis dix ans. « Ça fuse, c'est parfois irréaliste, mais il ne se censure jamais. Il y croit tellement que ça nous pousse à y croire. » Ainsi, se souvient-elle, quand il s'est lancé dans un film, « je pensais ça infaisable : ce n'était pas son domaine, il n'avait pas de réseau, pas d'argent ». Résultat : « Il lui a suffi de contacter un mec dont il avait aimé la vidéo sur YouTube et ça a fonctionné. » Le film d'animation 3D, réalisé par Clément Morin et intitulé *Insignificant*[3], raconte la beauté du monde vivant et la place de l'humain dans l'univers. Le résultat est éblouissant.

Créer, inventer, bricoler. De nouveaux récits, de nouveaux angles, de nouvelles formes. Franck, qui se fait « un devoir de communiquer au public », multiplie ces « pas de côté » afin de démultiplier l'impact de son travail. Ainsi en 2018, il publie un article remarqué sur « la paradoxale extinction des animaux charismatiques », omniprésents dans la publicité, les jouets et l'industrie de la mode. Il y explique que, si rien n'est fait, tigres, gorilles et rhinocéros pourraient disparaître d'ici vingt ans. « Si nous n'arrivons même pas à sauver le lion, roi des animaux et espèce emblématique que l'on retrouve sur tous les blasons et les logos sportifs, quel espoir avons-nous de sauver un papillon des forêts tropicales d'Amérique du Sud que personne n'a jamais vu ? » Fin 2020, c'est dans la peau du coronavirus qu'il ose se glisser le temps d'un article aussi hilarant que didactique pour le site *The Conversation*. « Si vous vous faites griffer par un chat que vous embêtez, vous allez éliminer tous les chats ?, interpelle le corona-Courchamp. Ne devriez-vous pas plutôt apprendre à cesser de leur tirer la queue ? »

« Pour communiquer sur des informations anxiogènes, il faut ou de l'humour ou de l'émerveillement », a compris l'écologue. Et pourquoi pas la bande dessinée, pour « faire passer la science sans que ça fasse mal » ? Son cerveau malicieux est déjà un *story-board* où surgissent en permanence des bulles et des onomatopées, des fourmis et des chats, l'humour et le merveilleux. « Là, tu vois, s'interrompt-il en pleine digression sur la fabuleuse complexité des asticots, vient d'apparaître dans mon esprit un *smiley* exprimant la fascination : tu sais, celui du cerveau qui explose, surmonté par un nuage. » En 2019, avec le dessinateur Mathieu Ughetti, il publie *La Guerre des fourmis*, simultanément en édition papier et en accès libre sur internet. Plus de 400 000 lecteurs, qui ne se seraient probablement jamais plongés seuls dans une étude scientifique sur la myrmécologie[4], ont dévoré cette histoire drôle et passionnante sur la vie des fourmis. Le succès a été tel que le vulgarisateur fou ambitionne désormais des millions de lecteurs et une cinquantaine de langues pour sa nouvelle B.D. sur le climat et la biodiversité. Des millions de lecteurs ?! Il a mangé des champignons magiques ou quoi ? Peut-être. Mais le pire, ou le meilleur, c'est qu'il risque bien d'y arriver…

Entre recherche, enseignement, vulgarisation et chasse aux financements, le quotidien de Franck est devenu un brin chaotique, « mais un chaos plaisant », admet-il. « C'est un peu comme si j'étais en train de jongler sur un monocycle avec une multitude de sujets différents, mais je m'aperçois que j'aime bien ça. Avoir mon cerveau qui se pose plein de questions. » Depuis son enfance, il n'a qu'un mot à la bouche : « Pourquoi ? Pourquoi ? Pourquoi ? » Curiosité et hyperactivité semblent communes à de nombreux écoptimistes. Franck le répète d'ailleurs à l'envi : « Je bosse pour un truc tellement important que je ne peux pas me permettre de ne pas bosser. Mais c'est un plaisir ! Ma plus grande bénédiction est d'être né à un moment où des gens sont payés par la société pour *chercher* à temps plein. À une époque où la biodiversité, le tissu vivant de notre planète, fond aussi vite que la banquise, où le plastique flottant forme un nouveau continent, où la masse des productions humaines annuelles dépasse la production en biomasse de la nature, il est essentiel de faire comprendre aux jeunes générations ce que la mienne n'a pas compris : qu'on peut vivre heureux sans matérialisme ni consumérisme, qu'être fidèle à ses valeurs est plus gratifiant que la carte de fidélité de n'importe quelle enseigne. » De son côté, il prend moins l'avion, s'est converti grâce à sa fille au végétarisme, s'habille « toujours avec [s]es fringues des années 1990 » et se refuse à racheter un grille-pain pour remplacer le vieux, cassé, dont l'existence est prolongée par le truchement d'une bouteille ingénieusement positionnée.

S'il y avait une soupape ultime chez Franck, ce pourrait être le sport. Après avoir longtemps pratiqué le rugby, l'universitaire se lance sur un coup de tête dans la course à pied (pas n'importe laquelle… le marathon) puis, en toute candeur, dans le triathlon il y a huit ans, alors qu'il séjourne aux États-Unis. « Je ne savais pas nager, je n'avais pas de vélo, mais je me suis dit : ça fait six mois que je cours, je vais bien y arriver ! La première fois qu'il m'a vu nager, mon coach a explosé de rire : je l'ai entendu sous l'eau… » Le sport lui permet d'évacuer. « Je ne l'ai jamais vu aussi heureux », témoigne sa fille. D'ailleurs, sur les photos, il est souvent l'un des rares coureurs hilare au milieu des autres. Adepte du NoctiRaid, une course multisport de 60 kilomètres qui se déroule la nuit, dans le froid et la boue, à travers la vallée de Chevreuse, il a mis la barre encore plus haut en 2022 : il a fait l'IronMan de Carcans, en Gironde, une course multidisciplinaire consistant à enchaîner 4 km de natation et 180 km de vélo avant de finir sur un marathon (42 km).

Ce défi impossible n'est pas sans en rappeler un autre : celui de la crise écologique. Plutôt que d'anticiper un échec inéluctable, la force de Franck est d'y voir « un super challenge, un défi à la hauteur du génie humain. L'Homme est capable de tout, y compris d'inverser la tendance. Bien sûr qu'il y a des solutions ! Il y a cinquante ans, on a bien réussi à aller sur la Lune alors qu'on avait des ordinateurs qui faisaient la taille de ma salle à manger. Et s'il est trop tard pour les espèces déjà disparues, la bonne nouvelle, c'est que toutes les autres pourraient repartir rapidement ».

Léonore Moncond'huy, maire

L'ÉLUE POP'

> *« L'optimisme est une forme de courage qui donne confiance aux autres et mène au succès. »*
>
> LORD ROBERT BADEN-POWELL,
> fondateur du scoutisme

« Ne doutez pas, soyez-en sûrs : vous toutes et tous, vous avez en commun quelque chose de précieux. Face à un état du monde très préoccupant, marqué par de nombreuses injustices, de nombreuses incertitudes, vous ne cédez pas à la résignation ou à la passivité, et vous vous engagez. Dans un monde marqué par le repli sur soi, souvent par la perte de sens, vous affirmez, par l'action, votre confiance en l'engagement collectif. » Sous la voûte monumentale de la salle d'apparat du Palais médiéval de Poitiers, Nadine, la soixantaine, en a des frissons. « Ce discours est formidable, exceptionnel », songe cette habitante modeste du quartier populaire des Trois-Cités, sans pouvoir détacher son regard de la tribune et de cette frêle jeune femme, ceinte en ce 14 Juillet de l'écharpe tricolore. « C'est pas comme dans les discours officiels, là, on sent que ça sort du cœur. » Elle, la petite main qui, au sein d'un collectif de locataires, se mobilise pour réduire les nuisances sonores dans les immeubles, n'en revient toujours pas d'avoir été invitée à cette toute première Fête de l'Engagement mise en place par la nouvelle municipalité. En juin 2020, c'est cette liste baptisée « Poitiers Collectif » qui a ravi la mairie aux socialistes, certains de l'emporter encore, après un demi-siècle aux commandes. À la tribune, la maire, Léonore Moncond'huy, termine son discours en remerciant les engagés de l'ombre. Nadine applaudit à tout rompre et avec elle, les quatre cents invités, surpris par la fraîcheur et la sincérité de la cérémonie qui, pour une fois, n'a rien d'un pensum.

Le regard clair et la chevelure rousse de Léonore ont fait la une de nombreux journaux depuis son élection, à 30 ans seulement, à la mairie de Poitiers. Tous ont salué la victoire d'une militante écolo, oblitérant une victoire bien plus large, celle d'une liste citoyenne, « engagée pour le climat, la justice sociale et la démocratie ». Léonore a beau être encartée depuis 2014 chez Europe Écologie Les Verts (EELV), elle se dit avant tout une femme de combat. « C'est parce que je suis engagée que je suis optimiste. J'ai la chance d'occuper une fonction qui donne du sens à ce que je fais tous les jours. Je me sens à ma place, en ligne avec mes convictions. » Sa profession de foi : l'intérêt général et le bien commun. Son ambition, sincère et audacieuse : rendre le monde meilleur. Or « pour qui a un cerveau qui fonctionne, changer le monde sans s'intéresser au climat ni à l'écologie, c'est impossible ».

Léonore Moncond'huy

Que sa première mesure d'édile ait été de lancer le programme « Vacances pour tous » qui, en un mois, a permis à des centaines d'enfants et de familles de partir en congé, ne doit rien au hasard. Pas plus que Poitiers ait organisé en mars 2022 les premières Rencontres nationales de l'Éducation populaire[1]. L'Éduc Pop' est au cœur, et à l'origine, de son engagement. « C'est une pédagogie magnifique. Je pourrais en parler pendant des heures », prévient-elle, avant de mettre sa menace à exécution…

Bienvenus chez les scouts ! Enfant à Poitiers, la petite « Léo » rêve de devenir trappeur. Plutôt que de l'envoyer dans une cabane au Canada, sa mère l'inscrit aux Éclaireuses et Éclaireurs unionistes de France, la branche protestante du mouvement scout. Liberté, copains et grands espaces : le coup de cœur est immédiat. Elle rejoint les louveteaux. La moitié du groupe vient de Poitiers, l'autre de Chauvigny, une commune plus rurale. Débrouillarde, la petite nouvelle se fond dans le décor et découvre que « rien ne noue plus de liens que de dormir ensemble sous la tente. » Pas besoin de laïus sur l'écologie ; chez les « Éclés », Léo *vit* l'écologie. « Quand on arrivait dans un champ et qu'on y installait un lieu de vie complet pour quinze jours, on gardait cet adage en tête : un scout laisse toujours deux choses derrière lui : "rien et des mercis". » Sans électricité ni eau courante, la jeune ado fait l'expérience de la sobriété heureuse et d'une nouvelle pédagogie, follement émancipatrice, où l'on fait confiance très tôt : « tu deviens capable en faisant ».

Son engagement en tant qu'éclaireuse a un autre effet : à 18 ans, elle devient protestante. Elle en parle rarement. Trop intime. Du protestantisme, elle apprécie la confiance fondamentale en chaque être humain – « quoi qu'on fasse, on mérite le salut » –, ainsi que l'absence d'injonction et de hiérarchie. C'est « ma boussole lorsque mes convictions profondes sont ébranlées », formule-t-elle avec précaution, ralentissant son débit volontiers torrentueux comme pour enrober les mots d'une part de sacré.

Parallèlement au scoutisme – la jeune fille y gravit tous les échelons jusqu'à devenir membre du conseil d'administration –, Léonore entame à la ville son engagement associatif : à 13 ans, elle entre au Conseil communal des jeunes de Poitiers, avant d'intégrer le Conseil de la vie lycéenne. Après le bac, c'est une faculté littéraire à Poitiers puis Sciences Po à Paris, suivi d'un master en politiques éducatives internationales. Elle commence alors sa vie professionnelle comme coordinatrice de projet auprès d'organisations comme l'Unicef. Mais le travail est moins passionnant qu'attendu. Surtout, la politique se tient déjà en embuscade…

Militante chez EELV, Élisabeth, la mère de Léonore, a été conseillère municipale d'opposition au début des années 2000. Quand, en 2014, les Verts de Poitiers cherchent un secrétaire de campagne pour les prochaines municipales, c'est naturellement qu'ils proposent le job à sa fille. Léonore n'hésite pas longtemps. « On a vite compris que c'était quelqu'un de remarquable », relate Robert Rochaud, écolo depuis des lustres. Dès le début, il perçoit son charisme et lui voit un destin national. Léonore écoute, apprend et, dans la foulée des municipales, adhère à EELV. Un an plus tard, le parti lui propose d'être candidate aux régionales. « J'avais 25 ans, j'ai saisi la perche », raconte l'intéressée. Fin 2015, elle est élue aux côtés de 17 autres écologistes, devenant la benjamine du Conseil régional de Nouvelle-Aquitaine.

« J'étais très naïve, sourit-elle, un vrai perdreau de l'année, je me suis vraiment formée. » Au point d'acquérir rapidement la pleine confiance de ses collègues qui apprécient la franchise et la spontanéité de la jeune femme. Moins de deux ans plus tard, le groupe en fait sa co-présidente. « J'ai été encouragée, décrypte-t-elle, parce que j'ose prendre des risques et que je fais du lien entre les gens. » L'ancienne scoute en profite pour explorer avec minutie le monde politique. « J'arrivais avec le regard vierge de préjugés. Très vite, j'ai pris conscience que les bancs de l'assemblée régionale étaient peu représentatifs de la population. »

En même temps qu'elle tisse sa fibre politique, elle change de logiciel écologique. C'est d'ailleurs l'une des premières choses qu'elle m'a dites lorsque nous nous sommes rencontrées. Comme un avertissement anti-Bisounours : « J'ai fait le choix de l'optimisme, mais je ne suis pas du côté des optimistes béats, car cet optimisme-là confine assez vite à l'écologie des petits gestes. Moi, j'ai fait le choix d'être dans le système. Et… ce n'est pas drôle tous les jours. » Cette politique des « petits gestes » la met « vraiment en colère. Il y a vingt ans, pour conscientiser les gens, OK, mais ce discours libéral qui culpabilise les individus et efface la responsabilité politique, ça ne peut plus être le discours dominant de la classe au pouvoir. Et puis, les choix individuels sont construits. Quel choix a un individu entre un Poitiers-Londres à 15 euros en avion et un autre à 150 euros en train ? Si on ne change pas la politique des transports par exemple, on n'en sortira pas, c'est un non-choix ».

Elle qui n'a qu'une parole en veut à ces politiques qui trahissent leurs promesses. « Petite, raconte-t-elle, j'entendais parler à la télévision de la couche d'ozone, des premiers rapports du Giec… et je me disais : “Il y a un problème, les grandes personnes doivent sûrement s'en occuper.” Et puis j'ai grandi, et je me suis rendu compte à quel point ce n'était pas géré. En arrivant à la Région, je me suis retrouvée face à une assemblée d'hommes en cravate qui ne prenaient pas vraiment le problème en compte. » De quoi déchanter et tomber en éco-anxiété… Tomber oui, mais quelques instants seulement. Se résigner, jamais. Face à la catastrophe, Léo l'éclaireuse choisit d'être actrice. « Donner toute mon énergie pour faire en sorte que les choses s'améliorent. Le sort du monde entier ne dépend pas de moi, mais j'aurai fait de mon mieux. Ce serait invivable pour moi de revenir dans la peau d'une spectatrice passive ou d'une individualiste. » Elle récuse ceux qui disent que « de toute façon, c'est foutu ». Même si le monde confortable de nos parents et l'insouciance qui allait avec ont d'ores et déjà disparu, « tout ne s'arrêtera pas du jour au lendemain. Il n'y a pas un interrupteur jour-nuit. Quoi qu'il arrive, il y aura un avenir à construire et des actions à mener pour que ce ne soit pas les plus vulnérables qui paient les pots cassés ». La vie va continuer et il va falloir s'entraider pour préserver les moments de convivialité, de partage, de lien social. « Se battre pour préserver tout ce qui fait le sel de la vie. »

En tant qu'élue régionale, Léonore Moncond'huy a vu changer le regard des gens. Sitôt endossé le costume de femme politique, elle a été frappée de défiance. « Dès que j'ai compris ça, j'ai eu envie de m'engager pour recréer des liens entre les politiques et les citoyens. Si on n'a pas des élus représentatifs, ni la confiance des citoyens, on n'y arrivera pas. » C'est décidé, elle sera bâtisseuse de ponts. Et si, les ponts, elle commençait par les édifier sur le Clain, qui traverse Poitiers ? Quoi de mieux que la première grande ville étudiante de France[2] pour reconstruire la confiance et investir le système ? C'est l'idée un peu folle qui germe dans sa tête et celle d'une dizaine de copains en avril 2018. Naît alors Poitiers Collectif. L'objectif est de gagner la mairie en deux ans, avec une équipe jeune et représentative du territoire. Léonore est l'une des seules à être encartée. « On est partis de zéro, avec une espèce de candeur un peu présomptueuse, mais sans le côté carriériste, revit-elle dans la touffeur de juillet, attablée à une terrasse du Vieux Poitiers en compagnie de Bastien, Charles et Frankie, trois historiques de Poitiers Collectif, devenus membres du conseil municipal. On s'est dit : on n'a rien à perdre, personne ne nous attend, alors on a une liberté totale. »

Durant six mois, le groupe forge méticuleusement sa méthode, transparente et ultra-rigoureuse. « On en avait marre de voir la tête du candidat avant les choses qu'il proposait. » Alors, ils se fixent cette idée simple, qui deviendra leur premier commandement : « Le projet avant les têtes, et les têtes avant la tête. » Le mouvement est lancé publiquement le 18 octobre 2018. Pendant un an, ils consultent, recrutent, phosphorent et réunionnent pour ficeler leur programme écolo, social et démocratique. Faire *avec* et pas *à la place de*. Ils se refusent à critiquer le maire sortant et à tomber dans l'anti-tout. « D'où tu as envie de militer si on t'agresse ? », plaisante Bastien. « Si tu refuses de discuter avec les gens, tu ne risques pas de les convaincre », complète Léonore. Une ouverture qui paie : chaque semaine, le mouvement s'étoffe un peu plus.

Si Poitiers Collectif avait une marque de fabrique, ce serait la sociocratie. Cette gouvernance partagée s'appuie sur la *gestion par consentement*, qui valide une décision si aucune *objection raisonnable* ne lui est opposée, et *l'élection sans candidat*, une des perles de la méthode, selon ses partisans : les membres de l'équipe rédigent chacun une fiche de poste puis désignent celui qu'ils jugent idéal pour la fonction. Ceux qui recueillent le plus de votes restent en lice. S'ensuivent alors des tours de table où chacun peut émettre ses objections contre tel ou telle. Si les participants parviennent à lever ces objections, l'intéressé est élu. C'est ainsi que fin 2019, au terme d'un « débat houleux » de près de six heures, retransmis en direct sur les réseaux sociaux, Léonore a été désignée tête de liste du collectif. Si elle venait à l'emporter aux municipales, elle deviendrait Madame *la* maire, selon la formulation validée par 430 Poitevins sondés gaiement un jour de marché par l'équipe de campagne. Paradoxalement, c'est son rond de serviette chez EELV qui a manqué de la disqualifier ! « À 29 ans, j'étais déjà considérée comme une vieille en politique », s'amuse-t-elle. Sous les rires, l'immense fierté d'avoir été choisie et de devoir sa légitimité au collectif. Tout comme pour le Conseil régional, on est venu la chercher. « J'ai eu la chance de ne jamais avoir eu à me mettre en avant », remercie-t-elle aujourd'hui.

Résultat : en juin 2020, la démarche fraîche et moderne de Poitiers Collectif, son programme ambitieux, sa com' décalée et ses happenings parfois loufoques séduisent les Poitevins[3]. Les fourmis terrassent l'éléphant socialiste Alain Claeys, avec 42,8 % des voix contre 35,6 % pour le sortant. Sur sa bicyclette bleue, Léonore Moncond'huy rejoint ses sources d'inspiration – Eva Joly, Cécile Duflot ou encore Alexandria Ocasio-Cortez, élue de New York au Congrès américain – dans la petite famille des grandes femmes politiques. Parmi ses premières mesures, la réduction d'un tiers de son indemnité[4] a marqué les esprits. L'objectif était de réduire au maximum l'écart de rémunérations entre les élus municipaux, dont la moyenne d'âge plafonne désormais à 40 ans. Pourtant, ce qui lui tenait le plus à cœur était de lancer dès l'été les « Vacances pour tous » à destination des familles modestes, particulièrement impactées par le confinement. Le programme est déclenché en trois semaines seulement. Pour les moins fortunés, les séjours commencent à deux euros la journée, mais afin d'assurer la mixité sociale, ils sont ouverts à tous : la collectivité subventionne les plus aisés à hauteur de 50 %. Parallèlement, des bourses sont offertes aux 16-25 ans qui présentent un projet collectif de vacances, à pied, en train, à vélo. « Ils ont des rêves hyper modestes, observe la maire : le camping à l'île d'Oléron, ça fait partie des destinations sur le haut du podium… » Des séjours pour les aînés viennent compléter le dispositif. Deux ans plus tard, c'est un raz-de-marée, les places sont prises d'assaut. Lille et Marseille se joignent au mouvement.

« C'est dément à quel point ce projet peut être fédérateur », me dit-elle, toujours étonnée, en rendant visite, à cinquante kilomètres de Poitiers, au centre équestre du Loup-Garou, où se déroulent plusieurs séjours de plein air. « Dans mes rêves les plus fous, j'imagine que la ville de Poitiers a un centre de vacances à la mer, qui permettrait aux enfants de partir chaque été… » Il suffit de voir les étoiles dans les yeux de l'élue, assise en tailleur parmi de petits Poitevins qui ne se seraient jamais parlé sans cette « colo » municipale, pour saisir à quel point ce projet est bien plus qu'une simple marotte. « C'est une vraie politique de cohésion sociale, c'est magique : en vivant des expériences communes, ils apprennent à se connaître, et je fais le pari qu'ils auront ensuite moins envie de se taper dessus entre quartiers. Ça me déprime qu'en matière de justice sociale, on ne parle que d'accès à l'emploi ou aux aides sociales : ça ne suffit pas à donner un horizon de vie. Au-delà de l'emploi, la jeunesse est en quête de sens, dans un monde en plein bouleversement. » L'écologiste voudrait qu'on se souvienne du droit au temps libre, aux loisirs, à la culture, aux vacances, ces vieilles revendications du XXe siècle popularisées par le Front populaire.

Les gamins de Poitiers courent déjà vers leur tente pour préparer la boum du soir. « Bonjour les

Trappeurs ! », crient-ils à un groupe d'enfants rieurs qui déboulent à vélo. Plus loin, le gang des *Fermiers* s'exerce au potager. Léonore les regarde, attendrie. « La vie dans la nature a compté dans mon parcours, je suis convaincue que c'est là que commence la sensibilité citoyenne pour l'écologie. C'est un levier pour leur donner les savoir-faire et la conscience de protéger la nature. C'est ça, ma vision des rêves d'enfants. »

Ah, les rêves d'enfant de Léonore… Ils ont fait couler beaucoup d'encre au printemps 2021. Bête et méchante, comme souvent, la polémique est partie d'un coup de rabot de la mairie à une subvention de 4 000 euros allouée aux aéroclubs privés. En conseil municipal, une élue laisse entendre que la mairie détruit ainsi « les rêves d'enfant ». Prise aux tripes, la maire répond qu'« au contraire, c'est protéger leur avenir que de prendre ce type de décision ». Elle est d'autant plus émue qu'elle-même a fait ce rêve de voyager à l'autre bout du monde. Mais l'urgence climatique et l'inaction des hommes à cravate ont eu raison de ses rêves à l'international. Qu'importe, elle se saisit de ce coup de projecteur malencontreux pour inviter à Poitiers la Fédération française d'aéronautique, qui a critiqué sa décision. Un miracle se produit. Au détour des discussions surgit le mot… sobriété. De quoi, enfin, commencer à avancer dans la bonne direction.

Végétalisation des cours d'école et plantation d'arbres pour rafraîchir la ville, extinction nocturne de l'éclairage public et fauches tardives pour favoriser le retour des insectes, nichoirs à martinets dans les écoles et les logements sociaux… doucement, le bitume recule et la nature repointe sa truffe. Doucement, la présomption d'incompétence recule. Partout, sans cesse, Léonore explique le pourquoi de l'action municipale. Sans jugement ni dogmatisme. Du matin au soir, elle démine les peurs : pour l'hygiène, la propreté, la sécurité… « Ce qui est le plus bloquant, note la maire, c'est la résistance au changement ; le monde actuel est plutôt rassurant pour beaucoup. » Le défi est de remettre la loi en question, sans braquer quiconque. L'exercice est délicat. Et rate parfois. Comme lors de la mise en place d'une assemblée citoyenne visant à revitaliser la démocratie locale : faute d'un fondement juridique précis, le dispositif a dans un premier temps été retoqué par la préfecture.

« L'écologie ne devrait pas être une question identitaire, estime la jeune élue. La chasse ou les feux d'artifice sont des enjeux justes, mais des marqueurs clivants qui n'embarquent pas largement la population et sont, de ce fait, potentiellement contre-productifs. » Contrairement à d'autres maires écolos, Léonore ne s'est d'ailleurs pas opposée au passage à Poitiers du Tour de France, symbole du sport-business, préférant retenir que « le vélo se marie très bien avec l'écologie ». Et si, en riant, elle se dit « un peu jalouse » que ce soit « passé crème » lorsque Tours a annulé son feu d'artifice, elle s'empresse de nuancer : « Dans un monde totalement pur, oui, sûrement qu'il n'en faudrait plus, mais aujourd'hui ça risquerait de caricaturer encore les positions écologistes. Et puis je trouve ça bien ces événements hyper populaires qui rassemblent les gens. »

Si Léonore est maire, elle a un agenda de ministre. Après quelques minutes avec les bénévoles de Sport pour Tous, des habitants l'alpaguent au pied d'un immeuble. L'un assure avoir aperçu un serpent dans la zone fauchée tardivement, l'autre la supplie d'intervenir pour faire stopper les feux d'artifice sauvages dans le quartier, la troisième lui demande un rendez-vous pour aider un réfugié syrien. « Tu vois Dorothée, quand on est maire, on n'a pas le temps d'être très catastrophée par la crise écologique… Les préoccupations des gens, c'est leur quotidien, pas le changement climatique. » C'est la raison de cette magnifique photo dans son bureau de l'hôtel de ville, représentant un sofa blanc posé dans un décor moderne et léché, avec en arrière-plan, comme prêt à l'engloutir, le cliché d'un monumental iceberg. « Pour moi, cette photo illustre le décalage entre l'immensité de ce qui nous menace et la réalité artificielle de ce canapé de salon. Mon quotidien est fait d'immédiateté. Cette image me rappelle pourquoi je me bats. »

Guillaume Meurice,
humoriste

Le bouffon du pouvoir

> *« Il faut allier le pessimisme de l'intelligence à l'optimisme de la volonté. »*
>
> Antonio Gramsci,
> communiste italien

Théâtre de La Scène, banlieue de Strasbourg, vendredi 17 juin 2022, 17 heures et quelques degrés. Dans la cour, le gérant installe la tireuse à bière, histoire de rafraîchir le public après cette énième journée de canicule. « À qui profite la clim ? », plaisante dans un texto un copain de Guillaume Meurice. À ce stade, pas à lui : elle est en rade, menaçant le demi-millier de spectateurs attendus d'une soirée en surchauffe. Lui a chaussé les tongs et retroussé son jean pour répéter son spectacle Meurice 2027[1], où il incarne un candidat à la présidentielle sexiste et ultralibéral. « Je ne suis affecté que par les choses sur lesquelles je peux avoir un impact. Que veux-tu que je fasse contre la clim qui ne marche pas ? », lâche l'humoriste, tout en sautillant sur scène avec sa microguitare. Erwan Rodary l'accompagne en tournée. Depuis onze ans qu'il est son producteur, il est « admiratif ». Car, clim ou climat, son poulain reste toujours aussi stoïque. « Il a un système de protection en plumes de canard. Ça lui glisse dessus et ça ne l'atteint pas. Je ne l'ai jamais vu en état d'éco-anxiété. Si je ne savais pas que l'écologie l'intéressait autant, je pourrais penser que c'est un psychopathe ! » Même enthousiasme chez Juju, sa régisseuse écolo et féministe : « Avec Guillaume, tout se transforme en joie. Il sait prendre du recul et se marrer de tout ce qui est pesant. »

Pourtant, le chroniqueur radio, qui officie sur France Inter depuis dix ans, aurait de quoi désespérer. Sur le conseil de son père, écolo de la première heure, il a lu le best-seller d'Yves Paccalet paru en 2006 : *L'humanité disparaîtra, bon débarras !* Dans ce pamphlet décapant d'humour noir, l'ancien bras droit du commandant Cousteau imagine treize scénarios catastrophe dont le point commun est l'extinction de l'espèce humaine. Tout comme Yves Paccalet, Guillaume a compris depuis belle lurette que « nous dévalons la pente sur le versant du pire[2] ». « *Homo sapiens* se dit l'espèce la plus intelligente alors qu'il passe son temps à se taper sur la gueule et à ravager la planète… », se moque-t-il.

« Personne dans la biosphère ne nous surpasse en connerie et en capacité d'autodestruction. Vous imaginez un défilé de bœufs fiers d'exhiber des hachoirs ? Dans notre espèce, ça a lieu chaque 14 Juillet sur les Champs-Élysées[3]. »

Guillaume Meurice

Mais alors, Guitou, peut-on encore être écolo et heureux ? Je lui pose la question un jeudi soir, devant une bière fraîche aux Ondes, le café-cantine de Radio France. « Oui, évidemment ! » me répond-il tout sourire à sa sortie de l'émission « Par Jupiter ! ». « Tu es heureux dans l'action, quand tu essaies d'améliorer les choses autour de toi. Il ne faut pas désespérer… parce qu'il ne faut pas espérer. » C'est-à-dire ?… « De toute façon, on sait que ça finit mal : un jour ou l'autre, on va mourir. Ce qui peut nous sauver, c'est le désespoir, ou la lucidité si tu préfères. Regarde, dans les ZAD ou les ONG, il y en a plein qui ont fait des dépressions parce qu'ils sont arrivés avec un espoir incroyable. Il faut sortir l'espoir de l'équation. On s'en fout de l'espoir. » Autrement dit : nul besoin d'espérer pour entreprendre, ni de réussir pour persévérer. Pour Guillaume, cette absence d'espoir n'a rien d'un abandon. Il met d'ailleurs en garde contre le discours de certains collapsologues qu'il juge trop démobilisateur. Pas question de se dire « tout va s'effondrer, alors je peux bouffer trois steaks et aller avec mon Hummer au Salon de l'automobile ». « Le but du jeu, poursuit le chansonnier, c'est de limiter la souffrance et de vivre le moins mal possible. » Faire les choses de manière désintéressée, sans chercher un résultat immédiat. « Et c'est en *faisant* les choses que tu vas ressentir de la joie. » CQFD.

L'essentiel à ses yeux : rester lucide. « C'est le meilleur moyen de ne pas *subir* le réel. » Au point qu'il a fait de la réalité sa passion. Et si l'humour est sa manière « de ne pas péter un câble », il est aussi diablement efficace pour faire tomber les mythes. La parole au taquineur artistique : « Le pouvoir est censé être sacré, et ce qui est sacré a besoin d'entretenir un mythe, une fiction pour obtenir l'adhésion. Or tout ce qui ne s'appuie pas sur le réel est très facilement *moquable*. Le pouvoir déteste l'humour car il ne peut pas le maîtriser. Une blague, c'est l'irruption surprise du réel dans la fiction. » Cela me fait immédiatement penser à l'histoire de Triboulet, le bouffon de François Ier, que Guillaume a romancée dans *Le roi n'avait pas ri*, un conte profond et savoureux. Le pouvoir tolère-t-il le rire, s'y interroge-t-il ? Oui… jusqu'à la blague de trop. De celles qui conduisent au bûcher. En attendant les flammes, le bateleur moderne continue minutieusement son joyeux travail de sape et se sent utile. « Il a appris à faire de l'aïkido avec les mauvaises nouvelles, en retournant les situations de blocage et en utilisant la force de l'adversaire », déchiffre son ami, l'humoriste Alex Vizorek. Et si partout redémarrent des polémiques sur l'avortement, l'éducation, l'écologie, si le monde résonne du feulement des apôtres du patriarcat, du racisme et du capitalisme, c'est, croit Guillaume, parce que leur hégémonie, dénuée de toute réalité, est en train de s'effriter. « Ils couinent parce qu'ils savent qu'ils vont perdre, et que le système est en train de crever. » C'est sa théorie de « la bête blessée dans le fossé » qui, se sachant à l'agonie, donne un dernier coup de patte.

« Le danger est qu'ils entraînent tout le monde dans leur chute… » Effectivement, c'est un risque. Que faire alors ? « Il faut les faire tomber rapidement, foutre en l'air la structure actuelle, le libéralisme, le capitalisme… » Faire la révolution, quoi. Mais une révolution par les urnes, démocratique. En d'autres termes : « Se sortir les *droits* du cul. » Et ensuite ? lui demandé-je alors que le serveur nous remet la même. « Répartir et ralentir : répartir les richesses le plus équitablement possible et ralentir la consommation des choses dont on n'a pas besoin. » Concrètement, si tu étais aux manettes, ça donnerait quoi ? « Un : je taxe les riches et je redistribue. Deux : je ne vous promets pas un 4 x 4 ou l'iPhone dernier cri, mais du temps pour lire des bouquins, jouer avec vos enfants, faire la fête… Vivre en somme. Car ce système choppe la vie des gens. Le PIB ne peut plus être notre seul thermomètre ; un extraterrestre viendrait, il dirait : "Mais pourquoi vous faites ça ?" »

La « sobriété désirable »… Voilà ce qui fait kiffer le Meurice. En plus des étoiles, des coquillettes et des tournées en province. Être sobre, c'est-à-dire faire des efforts pour sauver l'humanité du brasier climatique ? Et si c'était l'inverse, propose-t-il, avec son inamovible (fausse) candeur. « S'il fallait en réalité arrêter d'en faire ? Arrêter d'obliger les gens à se lever à 6 heures du matin pour aller produire de l'inutile, […] à se tuer à la tâche pour *gagner leur vie*. Vive la flemme ! Vive la sieste ! À bas la société de consommation ! Vive la satiété de consommation ! […] Qui osera inscrire dans son programme l'interdiction de la publicité, le ralentissement de la production, la revalorisation du temps libre[4] ? »

Côté sobriété, cela fait un bail qu'il est passé aux travaux pratiques, afin d'être cohérent avec ce qu'il défend : il n'est ni un grand voyageur – « enfin, je te dis ça après un voyage en avion en Norvège… » –, ni un gros consommateur de fringues – « je m'habille mal. » En même temps, songé-je en le regardant, c'est quoi, s'habiller bien ? Il mange bio – « pour moi et pour ne pas cautionner un système » –, il est végétarien – « comme dirait Juju, ma régisseuse, on mange pas tout ce qui fait caca » –, mais pas vegan – « à cause du coût social ». Même s'il s'agace souvent que « massacrer des animaux par paquets de mille » soit associé à la tradition française, arrêter la bidoche aura été son plus gros effort. Quant aux poissons, aime-t-il répéter à son père, passionné de pêche à la mouche, « s'ils avaient des cordes vocales, tu ne les pêcherais pas… » Le partage des revenus ? Il l'a déjà mis en œuvre. Ce sont d'autres que lui qui me l'apprennent. Sa pudeur me touche. Il en parle peu, mais donne à nombre d'associations, de Sea Shepherd au Secours Populaire, en passant par la Fondation Abbé Pierre, C'est Assez ! et Anticor. Il reverse notamment les bénéfices issus du merchandising de ses spectacles à SOS Méditerranée.

Le problème avec Guillaume, il est là : le gaillard est un rhéteur de talent, la discussion est passionnante, on se laisse embarquer et, au grand dam de

Jacques Brel, on oublie de s'arrêter à Vesoul. Escale en Bourgogne-Franche-Comté, où le petit Guillaume est né le 14 juin 1981. Contrairement à Shirley Souagnon, sa consœur humoriste qui, deux heures avant notre apéro aux Ondes, se revendiquait « noire et lesbienne » dans le studio de « Par Jupiter ! », lui n'est qu'« un hétérosexuel, blanc, né en France : quand je suis né, la société m'a dit OK, c'est bon : validé. » Bref, pas de quoi alimenter ses spectacles. Pas plus que sa musculature, de son propre aveu, « plus proche de l'asperge que de Steven Seagal ». Il grandit près de Dijon, dans un petit village de 250 âmes, Lechâtelet, mais à six ans, il déménage à Jussey, près de Vesoul donc. Ses parents viennent d'y acheter une maison de la presse-librairie. De quoi bien s'occuper quand on n'a pas la télé.

Guillaume mène l'enfance heureuse d'un élève moyen, plus clown de la classe que bête à concours. Il accompagne parfois son père en forêt pour y cueillir des champignons ou écouter le brame du cerf. Ancien cheminot, ancien Parigot, son paternel lui raconte alors ses discussions passionnées avec Mouna, ce libertaire pacifiste, figure de Mai 1968 qui sillonnait Paris à vélo tout en prêchant la bonne humeur : « Riez, vous serez sauvé ! » Militants chez Greenpeace, Papa et Maman Meurice sont si fusionnels politiquement qu'une anecdote revient souvent en famille : celle de la voix manquante. Lors des élections, il y avait toujours deux voix écolos à Lechâtelet. Mais en mai 1981, les urnes font trembler le patelin : une seule voix pour les Verts au premier tour de la présidentielle. Stupeur chez les Meurice. « Comment ça se fait ?! » s'étouffe la mère. L'enquête est vite menée : le père confesse avoir voté Mitterrand.

Après un DUT gestion à Besançon – de quoi, en théorie, pouvoir devenir trésorier chez les Républicains –, le « Guitou » s'inscrit à Sciences Po Aix. Il ne ratera aucun match de l'Olympique de Marseille. On ne peut en dire autant des cours. Au printemps 2002, il fait une entorse à son code footballistique et se rend à l'Institut : les candidats à la présidentielle viennent y parler de leur programme. Il se laisse tenter par Noël Mamère, qui quelques semaines plus tard deviendra le seul Vert à dépasser 5 % à une présidentielle française. « Je l'ai écouté et je me suis dit : "Putain, il a raison ! Et mes parents qui me disaient tout ça depuis si longtemps..." J'avais 20 ans, ça a été un vrai déclic. Un peu tard, je reconnais, par rapport au potentiel familial ! » De quoi animer un peu plus les repas de famille. Car chez les Meurice, on débat de tout. « Il y a des camps, des clivages, ça change selon les sujets, un peu comme dans les coalitions allemandes », décrypte la sœur aînée, Fabienne, élue écologiste à Hyères. Et si, de l'extérieur, on croirait à un débat houleux, à Jussey, c'est juste une discussion sympathique.

Guillaume met alors le cap sur Paname, bien décidé à gagner sa vie en s'amusant. De caissier à vendeur de sapins, il enchaîne les petits boulots et s'inscrit au Cours Florent afin de devenir un théâtreux. Molière, Feydeau et Courteline l'occupent ainsi durant quatre ans. Des amis le convainquent d'écrire ses propres textes, « et ça se passe bien ». Cette liberté lui plaît au plus haut point. Vient alors l'heure du grand bain : le premier *one man show*. Il n'atteindra même pas le pédiluve. Car il a eu le génie de nommer son spectacle : *ANNULÉ*… « Pas très malin », songe Alex Vizorek quand il tombe alors sur l'affiche. Effectivement, une bonne partie du public renonce à se déplacer, pensant que le spectacle est réellement annulé ! Il est rebaptisé *Mort de rire*, puis *Tout le monde y passe*. De quoi écumer les cafés-théâtres et entreprendre de se faire un nom.

« Vers 2010, raconte-t-il, je commence à vivre de mon art. » Silence et éclat de rire : « Vivre de mon art, c'est absurde comme phrase ! » Déjà, il aborde les thèmes de l'écologie et du capitalisme. Déjà, son humour se nourrit de l'actualité. Vous vous souvenez : la passion du réel. C'est déguisé en Ronald McDonald qu'il brocarde la malbouffe, en panda qu'il alerte sur l'extermination des espèces et en Grande Faucheuse qu'il accepte le poste de DRH à France Télécom. « Le costume ? commente Alex Vizorek, déjà, il ne savait pas que ce n'était plus à la mode, mais un soir, lors d'une scène ouverte au théâtre de la Main d'Or où on se produisait tous les deux, l'imbécile a même réussi à l'oublier chez lui ! » Résultat : pas de scène ce soir-là, mais un godet et le début d'une amitié avec Alex qui apprécie ce « type toujours de bon poil », « l'un des plus équilibrés » qu'il connaisse.

En 2012, Guillaume démarre ses chroniques sur France Inter dans l'émission « On va tous y passer » de Frédéric Lopez. Deux ans plus tard, Alex Vizorek se remémore les redoutables *punchlines* de son comparse et lui propose de rejoindre l'équipe de Charline Vanhoenacker qui va lancer son émission « Si tu écoutes, j'annule tout », renommée « Par Jupiter ! », puis « C'est encore nous ! ». « Guillaume n'avait toujours pas trouvé le truc d'interroger les gens. Il faisait des chroniques sèches. J'ai eu l'idée de lui donner un micro, il en a fait quelque chose de génial : au bout de deux semaines, on a compris que c'était brillant. » Résultat : « Depuis huit ans, c'est l'un des trucs les plus podcastés et les plus populaires de la chaîne. » Pas de quoi lui faire exploser le melon, car il n'est attaché à aucune position sociale. « Il a un rapport à la compétition, à l'ambition, qui est nul », confirme l'humoriste bruxellois. « La simple idée qu'il y ait un classement le dérange : être meilleur comique qu'un autre, plus riche qu'un autre... Pour lui, ça n'a pas d'intérêt. »

Progressivement, l'humoriste acquiert la conscience d'être devenu un porte-voix et d'avoir conquis une certaine forme de pouvoir. Il en profite. Son poil à gratter : la contradiction. Perpétuellement en chasse pour ses chroniques, le radioteur piste les « mais ». Exemple : « La maltraitance animale est un fléau mais [...] la corrida, tout de même, c'est magnifique. Difficile de trouver plus contradictoire. Même chez les djihadistes israélites, on salue la performance. » *Mais*... « Quatre lettres qui font basculer tant de phrases, sur tant de sujets », écrit-il dans *Les Vraies Gens*. Du vendeur de 4 x 4 qui se dit écolo au producteur de foie gras qui assure adorer les animaux, « j'ai toujours été fasciné par la manière dont, dans la même phrase, on peut affirmer une chose et son contraire, sans jamais rougir de confusion, ni que notre cerveau ne s'autodétruise. [...] Dans la majorité des cas, ces discours sont tenus par des personnes ignorantes des réalités [qui] répètent des inepties entendues çà et là, sans jamais les remettre en question[5]. »

Dans cette veine, l'humoriste adore le petit jeu du « Et si... », ces expériences de pensée qui, en suscitant la perplexité morale, ont la magie de renvoyer *Homo sapiens* à ses contradictions. C'est dans le Vieux Rennes, attablé au Piccadilly, l'emblématique brasserie de la place de la mairie, qu'il m'emmène en mer : « Tu es dans un bateau qui va couler et, pour survivre, tu dois jeter à l'eau soit un animal, soit un humain. En majorité, les gens choisissent de sacrifier l'animal. Mais si tu changes le postulat de base et que tu leur dis que l'humain, c'est Émile Louis et que l'animal, c'est un chien d'avalanche qui a sauvé des vies, les statistiques changent d'un coup. » Avec Guillaume, la paresse intellectuelle ne fait pas partie du voyage. Il a beau être intermittent du spectacle, sa machine à penser chôme rarement.

S'il surfe sur la contradiction des Français, l'apprenti comptable assure, en plus de mille chroniques, n'avoir « jamais considéré quelqu'un comme un con. [...] Car nous sommes tous capables de dire n'importe quoi. [...] Nous avons tous des contradictions. » Lui-même n'a-t-il pas écrit « bon nombre de phrases sur les droits humains sur un ordinateur fabriqué en Chine[6] » ? Chacun met sa limite où il peut. Mais surtout, le gars de Vesoul aime les gens. Profondément. Très sensible au malheur des autres, il a énormément d'empathie. Il est aussi avenant avec les inconnus qui l'abordent dans la rue qu'avec ceux qui l'insultent. L'animateur réac de CNews, Pascal Praud, qui un temps avait réclamé sa démission de France Inter, a ainsi salué son « nouvel ami », après que l'humoriste lui eut adressé son livre dédicacé... Curieux de comprendre pourquoi certains en viennent à le traiter de « fils de pute », Guillaume Meurice a le chic pour déminer les mails injurieux : surpris qu'on leur réponde, de surcroît gentiment, les furax baissent d'un ton, jusqu'à bifurquer vers un échange courtois, voire carrément des excuses !

C'est que le chroniqueur a foi en l'âme humaine. « Je serais pessimiste si je savais qu'il n'y a rien à sauver, confie-t-il dans la fraîcheur de l'arrière-salle du Piccadilly. Les gens ne sont pas aussi salauds que leur discours : ce sont des postures. Si quelqu'un était en difficulté devant eux, dans la plupart des cas, je suis sûr qu'ils tendraient quand même la main. Le truc qui me rend optimiste, c'est la capacité d'émerveillement des enfants. On l'a tous en nous, même le pire de l'humanité. Même Poutine adore se faire prendre en photo avec des chevaux ou des tigres. Si tu n'es pas émerveillé par la nature, tu ne te battras pas pour la sauver. » La contemplation comme remède.

Lui, bien sûr qu'il aime la nature. « Puisque je m'intéresse à la réalité. C'est génial, les arbres, les orques, les abeilles, tous ces êtres en symbiose… Ces échanges, c'est à la fois fascinant et ça me rend optimiste. » Il se réfère souvent au livre de Pablo Servigne, *L'Entraide, l'autre loi de la jungle*. Contrairement aux idées reçues, la survie des êtres vivants doit plus à la coopération qu'à la compétition : « L'exploit du libéralisme et du capitalisme a été de nous faire croire que la compétition, l'agression et l'individualisme étaient les modes d'organisation naturels et spontanés du monde vivant[7]. » Mais c'est faux. Pour le chroniqueur, « le meilleur moyen pour s'en sortir, c'est de créer du lien entre nous. Si on disparaît, on disparaîtra tous ensemble. »

Il n'a jamais cru en l'homme providentiel. Ce n'est « pas une seule personne qui pourra faire basculer la tendance. On va au casse-pipe si on part avec ce prisme-là. » On a besoin de tous, et toutes les stratégies sont complémentaires. « Ça ne tient vraiment à rien de changer de monde, le point de bascule est loin d'être inatteignable, croit-il. On a l'impression que c'est compliqué, mais non. Il suffit d'être bien organisé. » Et de surenchérir. « Le principe est simple, c'est celui inspiré des voyages de Gulliver. Le géant a l'air invincible par rapport aux Lilliputiens. Il est trop grand, trop fort, trop puissant. Comment les Lilliputiens vont-ils en venir à bout ? En s'organisant : ils créent des liens entre eux et finissent par le faire tomber et le neutraliser. Alors oublions "Aux armes, citoyens", et entonnons plutôt : "Aux liens, Lilliputiens !" »

Louise Arrivé,
étudiante

La pépite verte

« La jeunesse est un état d'esprit, une victoire du courage sur la timidité, du goût de l'aventure sur l'amour de la facilité. »

Général Douglas MacArthur

« C'est dur pour des parents d'entendre ses enfants se préparer à la guerre… » Ce soir, à la table du dîner, on sent Philippe abattu et le regard serré. Ne serait-ce pas lui le responsable ? Ce drôle de zèbre qui aurait transmis à ses enfants sa propre éco-anxiété ? « Mais non, Papa, et puis ce n'est pas parce que l'humanité court à sa perte que les autres espèces ne nous survivront pas. Ce sera le cas des arbres centenaires, par exemple. » Le ton est posé. Lucide mais pas désespéré. Petit gabarit, frimousse réfléchie et longs cheveux blonds, à 22 ans, Louise Arrivé est éminemment consciente que les jours et les années à venir seront problématiques. Mais son père n'y est pour rien, le monde industriel y suffit bien. Et puis, si l'horizon est sépulcral, il ne tient qu'à sa génération de montrer qu'un autre futur est possible, plus sobre, plus solidaire, et infiniment « plus sexy ». À l'image du tiramisu aux mûres que sa mère, Anne-Sophie, vient de poser sur la table : local, artisanal et réconfortant. Quand je lui rends visite à François, le village où elle a grandi près de Niort, cela ne fait qu'un an que l'étudiante en éco-gestion s'est engagée dans le militantisme. Il a suffi qu'un ami parisien me décrive cette « bombe miniature, passionnée et passionnante », croisée dans un meeting de jeunes activistes climatiques, pour me décider à composer son 06. Je ne l'ai pas regretté.

« Si ton siège est en feu, lui a écrit récemment un copain, le jeune acteur et activiste Victor Quilichini, rester assis n'est pas la meilleure décision. » Alors, Louise a troqué la chaise pour l'action. L'action comme remède à la Terre qui s'embrase et au monde qui s'effrite. « J'aime le côté créatif et amusant de la lutte », énonce cette brindille blonde aux faux airs de Greta Thunberg, que l'on croirait à peine sortie de l'adolescence. Pourtant, dès les premiers échanges, sa maturité impressionne et on lui crédite sans ciller ses quelques années de plus. Finis l'avion et les animaux à manger. Elle est contre la chasse – « parce que c'est vu comme un jeu, pas une nécessité » ; elle adore les buses – « inaccessibles » et « inimitables » –, défend le bio – « pas pour moi, mais pour le bien de l'agriculture » et sourcille quand ses parents cèdent à la facilité et bétonnent le chemin d'accès à la maison. « C'est nul… » Boulimique de connaissances, elle a fait sien le témoignage de Victor, né lui aussi en l'an 2000 : « Comme l'attente avant de monter sur scène, ce qui me rend anxieux, c'est de ne rien faire. Quand tu passes à l'action, ça fait du bien. Pour ton corps et ton cerveau. Et puis surtout, tu te rends compte que tu n'es pas tout seul, et qu'il y a plein de gens comme toi avec qui tu peux faire des choses qui ont un vrai impact. »

Sa troupe à elle depuis un an, c'est celle des JAC, les Jeunes ambassadeurs pour le climat, dont l'ambition est de faire entendre la voix des jeunes jusque dans les négociations internationales sur le climat ou la biodiversité et de donner à chacun les clés pour agir à son échelle. En mars 2021, alors qu'elle poursuit son cursus universitaire à Tübingen en Allemagne grâce au programme Erasmus, elle tombe par hasard sur une des vidéos de l'association. Elle est impressionnée : « Une fille de 19 ans y parlait de l'Europe comme jamais je n'en avais entendu parler. » Ce discours scelle son destin. Elle sait désormais où déverser cette énergie qui piaffe en elle. Elle se précipite sur Facebook : les JAC recherchent leur responsable de la communication. Elle postule.

Louise Arrivé

Esther Loiseleur est alors présidente des JAC. Elle se souvient de sa première rencontre en distanciel avec Louise. « Elle était toute pitchoune, avec sa voix toute gentille. » Mais surtout, « elle bouillonnait. On sentait qu'elle avait très, très envie de s'engager ». Si discrète qu'on peut aisément passer à côté sans la voir, Louise s'allume dès qu'elle ouvre la bouche. Candidate la plus motivée, elle décroche le poste. Et, derechef, force le respect : « Elle a révélé un potentiel que je ne m'attendais pas à trouver en elle, confesse Esther. C'est vraiment une météorite. J'ai rarement vu ça. Elle était passionnée, investie, elle y a mis toutes ses tripes. » En quelques mois, elle révolutionne la communication des JAC, multipliant par trente son nombre d'abonnés sur les réseaux. Elle peut passer des heures à peaufiner une nouvelle stratégie de communication. Ça l'amuse même follement. Généralement, les nouveaux venus rechignent à prendre des responsabilités. Pas Louise. Touche-à-tout, hyperactive et ultra-organisée, elle est de toutes les parties, de toutes les réunions, y infusant son énergie contagieuse. De leur côté, les JAC sont éberlués par le charisme de leur nouvelle recrue : « C'est une leadeuse cachée, elle ouvre la bouche cinq minutes et tu te dis, c'est bon, la meuf, elle a déjà quinze pas d'avance… C'est une pépite. Elle ira loin. » Ils ne croient pas si bien dire. À l'automne 2022, elle deviendra déjà... leur nouvelle présidente !

À l'image des autres écoptimistes, la jeune fille semble pourtant avoir maintenu son ego sous la ligne de flottaison. « Hyper humble », elle est aussi décrite par ses camarades de lutte comme « empathique et ultra à l'écoute ». Elle observe les autres et leur prête attention, prenant garde à éviter les mauvais pas, proposant aux JAC *ice-breaker* sur *ice-breaker*, ces ateliers ludiques visant à faire fondre la glace entre collaborateurs. L'intelligence collective, Louise y croit dur comme fer. Alors que beaucoup fuient la contradiction, elle la recherche. Pour la jeune militante, il est essentiel que chacun puisse exprimer ses points de désaccord. « L'autre me fait un cadeau en étant en opposition avec moi : ma proposition finale sera bien plus évoluée que ma proposition initiale. Limite, ça donne des superpouvoirs ! »

Mais où diable cette jeune fille timide et effacée a-t-elle puisé l'audace de bondir hors de sa boîte pour ranimer l'espoir perdu et haranguer les foules ? L'explication se trouve probablement dans le centre-ouest de la France, dans un triangle reliant les Deux-Sèvres, où elle a grandi, la Vendée, le « petit paradis » où vivait sa grand-mère, et Bordeaux, où elle a passé son DUT de gestion urbaine. Son dynamisme, Louise le doit à de solides fondations. « Elle n'est pas du tout hors sol, elle a cet ancrage avec sa famille, sa maison », remarque Esther. Et si, plus jeune, elle ne s'est jamais rêvée en pasionaria de l'écologie, elle a pu en revanche s'imaginer en Tom Sawyer du Poitou. Ou en l'un des membres du *Club des cinq*, ces débrouillards en culottes courtes qui ont nourri son imaginaire, lui transmettant un goût puissant pour la nature et le plein air. À coup sûr, sa soif d'engagement trouve sa source dans la sève des arbres auxquels elle grimpait avec ses deux frères cadets, ou dans ces brindilles dont, de quelques coups d'opinel, elle faisait des flèches qui terminaient invariablement fichées dans des bottes de paille. Qu'il pleuve ou qu'il vente, leur mère, institutrice en primaire, les envoyait constamment dans le jardin, avec une règle unique : « Vous pouvez vous salir comme vous voulez, tant que vous ne déchirez pas vos vêtements ! » Parfois, le trio renâclait quand, dehors, la terre se gonflait et que les nuages s'essoraient dans la vallée. En vain. Leur mère restait intraitable : « Allez, on met les bottes et hop, on y va ! » Aujourd'hui, la fratrie lui en est reconnaissante, gardant en tête les fous rires à s'éclabousser dans les flaques.

Depuis un an, Louise n'a plus une, mais deux vies : ses études et son engagement. « L'engagement, j'y travaille toutes les heures de mes loisirs. On a des responsabilités réelles. On n'est ni payé, ni contrôlé, mais on est un maillon de la chaîne et on bloque les autres si on n'avance pas. » Avant, lire était pour elle un simple loisir. « C'est devenu une nécessité, il y a toujours une veilleuse allumée dans ma tête pendant que je lis, qui me permet de faire avancer ma réflexion au lieu de la laisser tourner en boucle. Tout ce que je vis en dehors de l'engagement me sert dans l'engagement. C'est comme mettre des lunettes à la vue. »

Même si elle milite dans la joie, il y a un moment où elle devient « contre-productive » et finit par s'épuiser. Mettre l'esprit sur pause. Marcher en forêt. Y cueillir de l'ail des ours. Cuisiner. Se plonger dans un roman. Retrouver une routine apaisante. Se lever à 6 heures et courir en famille à la fraîche. Dé-con-nec-ter. Le petit havre de Louise, autant que son sas de décompression, c'est la maison construite par ses parents, écolos de la première heure, sur les hauteurs de François. Exposition, taille des ouvertures, toilettes sèches… Durant des jours et des mois, son père a pensé et repensé les plans et les matériaux pour la rendre la plus passive et la moins impactante possible. « Elle ne consomme qu'un stère[1] de bois par an », précise Louise, ses longs cheveux remontés en un chignon négligemment perché sur le sommet de sa tête. En cette matinée d'avril, le soleil singe déjà les juillettistes. La terrasse en bois surplombe la vallée du Chambon et un large bocage d'où s'échappe parfois le hennissement d'un cheval ou le meuglement d'une Parthenaise, la vache locale. En contrebas à gauche, les planches potagères. À droite, les ruches. Au milieu, des arbres fruitiers en veux-tu en voilà : poiriers, pruniers, mûrier, cerisiers… « C'est quand même pas mal, la campagne… Ce que j'aime ici, c'est entendre les oiseaux quand je me réveille, même volets fermés… »

Dans cet environnement, l'écologie a naturellement infusé en elle. Au goutte-à-goutte. Engendrant tantôt le plaisir, par la musique quand, à huit ans, ses parents lui font découvrir les chansons d'Aldebert ou de Ridan : « Elle pleure, elle pleure ma planète… » Tantôt l'exaspération quand ces mêmes parents boycottent les produits de marque, pour marquer leur refus de la société de consommation. « À l'école, mes frères et moi, nous n'avions jamais de Twix pour le goûter, mais des fruits ou des gâteaux maison », sourit-elle aujourd'hui. Côté chaussures, « c'était la mode des Vans et des Nike, je n'en ai jamais eu… » À 12 ans, la pilule est amère, la frustration immense, mais la leçon manifestement durable. Au lycée, elle cherche à faire des émules, comme avec cette amie du lycée « aux 10 000 pulls rouges ». Problème : « Elle ne se sentait pas prête à limiter sa consommation de vêtements. Elle voyait ça comme traverser un mur opaque. Alors oui, la sobriété, cela demande de casser ses habitudes. Il faut parfois s'égratigner un peu. Mais de l'autre côté on trouve un autre équilibre. On va devoir renoncer à certaines choses, mais il ne faut pas mélanger renoncer et changer de mode de vie : on trouvera des petits bonheurs. Elle m'a dit qu'elle préférait son petit confort. Ça m'a peinée, mais j'y ai surtout vu un nouveau challenge : dans ces moments-là, j'ai comme un Rubik's cube qui apparaît dans ma tête. Je ne sais pas comment le résoudre, mais je me dis qu'il suffit de trouver la bonne méthodologie. »

Ce qui l'exaspère le plus aujourd'hui, c'est justement « l'extrême confort » et « tout ce qui contourne la sobriété » : les solutions technologiques comme la voiture électrique, « les gros avions avec écrit *Net Zero* dessus », « les parkings vides avec quatre écrans de pub animés » ou encore les mythes écolos du tri et du recyclage sur lesquels on se repose si confortablement. Finalement, elle ne se sent pas si mal dans cette société qui doit changer, sous peine de disparaître. « Le monde dans lequel j'étais ne me convenait pas », dit-elle en toute lucidité. En un sens, la crise écologique légitime ce mal-être. « Ça me permet de porter à d'autres le message de la sobriété. » La sobriété heureuse, celle qui réjouit plus qu'elle ne rétrécit.

Ce n'est pas un rapport du Giec ou un énième chiffre catastrophique qui va alarmer Louise, mais plutôt sa perception du vivant malmené. « De nombreuses personnes ont sauté dans l'engagement en ayant expérimenté l'anxiété. Pas moi », assure-t-elle. Elle préfère parler de « frustration ». Cette frustration, « je l'ai expérimentée enfant, quand l'arbre dans lequel je passais mes journées à jouer a été coupé, ou plus tard, lorsque j'ai appris que cette forêt, dans laquelle j'avais passé des heures à grimper ou à me perdre, n'était en fait qu'un amas d'arbres de dix ou vingt ans », bien moins grandioses que ces géants de plus de soixante ans, seuls capables d'enrichir véritablement la biodiversité, comme le lui a appris son idole, le philosophe Baptiste Morizot, dont les messages résonnent profondément en elle. Qu'on laisse la nature grandir. Qu'on cesse de l'exploiter à tout-va. Lorsqu'au printemps 2022, elle dévale à vélo une gigantesque colline en Rhône-Alpes dans le cadre du Relais Jeunes, qui traverse la

France, la vue lui coupe le souffle. « Je me suis dit que je ferais tout, tout, tout, pour préserver cette biodiversité. Face à cette immensité, la seule question qui compte, c'est "comment m'inscrire dans ce paysage sans l'impacter ?" »

Une autre technique lui a ouvert les portes du militantisme : l'improvisation, qu'elle a découverte à Bordeaux durant ses deux années d'IUT. Dans cette forme de théâtre, une idée attrapée à la volée dans l'esprit d'un joueur va progressivement se monter en histoire, au gré de l'inspiration mutuelle de ses partenaires. Au collège, Louise s'était sentie entrer dans un nouveau monde, celui « de l'effacement de soi et de la recherche de la conformité ». C'est « l'impro », croit-elle, qui l'a fait sortir de ce moule. Louise et moi discutons dans sa chambre d'ado, assises en tailleur sur de petits coussins de sol. Sa mère nous apporte une tisane avant de repartir discrètement. Je mets Louise au défi : « Tu serais capable de nous faire une impro ? – Là, tout de suite ?… Tu sais, l'impro, c'est comme un muscle. Je ne l'ai pas fait travailler depuis longtemps. » Il ne faudra pourtant pas insister beaucoup.

Elle ferme les yeux quelques secondes et saisit sa tasse. Un battement de paupières plus tard, la jeune fille sage est devenue mon aïeule et la tisane un breuvage aux vertus extraordinaires. Ça parle de voyage initiatique, de magie et de puissance cachée. « C'est le théâtre d'impro qui m'a révélée. Ça m'a beaucoup changée aussi : j'étais très réservée, j'avais le cœur qui battait à cent à l'heure quand je parlais en public. » Progressivement, elle a appris à se connaître, à prendre des risques, à « être ridicule au possible », mais surtout à écouter les autres, les observer et les accepter, afin de coopérer au mieux et de co-construire un récit. Elle a découvert à quel point « l'énergie du groupe, c'est bien plus que l'addition de l'énergie de chacun des membres du groupe ». Comme ce jour-là : « J'ai vu mes partenaires s'approprier mon jeu et aller au-delà du jeu que j'avais conçu : ça a été une révélation pour moi en termes de gouvernance. En quelque sorte, c'était une modélisation du monde associatif », monde qu'elle intègre au printemps 2021.

Dès son entrée dans l'association, Louise s'emploie à « dénouer les nœuds des JAC » et à recréer de l'harmonie. Parallèlement, elle se lance à corps perdu dans de nombreux projets. Comme le Relais Jeunes, ce tour de France à vélo de 3 000 km, organisé par plusieurs associations et visant à porter la parole climatique durant la période électorale de février à juin 2022. « Avant, je n'aimais pas trop le vélo ; maintenant, j'adore ! Mais j'ai souffert », rigole-t-elle quelques jours après son retour. Le Relais Jeunes a surtout été une expérience collective. Le meilleur remède à sa morosité restera toujours de « voir des gens ». « Je kiffe ce que je fais, mais quand je sombre dans le pessimisme, ce qui me remonte le moral, c'est d'écouter les autres, qui me montrent l'exemple. » À Dijon, ce sont les habitants du quartier autogéré des Lentillères qui raniment sa flamme. Avec eux, elle va récupérer dans les poubelles du supermarché voisin des dizaines de rouleaux de pâte périmée : la soirée pizza qui s'ensuivra n'en sera que meilleure. Plus qu'un repas atypique, la ZAD des Lentillères lui donne l'inspiration, car elle préfigure ce que seront les « villes en vingt minutes ».

Les villes en vingt minutes ? C'est à Glasgow, dans un pavillon de la COP26, qu'elle est tombée sur ce concept urbain selon lequel 90 % des habitants peuvent accéder à pied ou à vélo aux services de base, afin d'assurer leurs besoins quotidiens. Finies les villes-dortoirs, et bienvenus dans « celles à taille humaine où les gens connaîtraient leurs voisins et se sentiraient responsables de leur territoire ». Et à François, par exemple, cela donnerait quoi ? Elle n'y avait jamais pensé… « Eh bien, on a déjà une école, cela impliquerait de faire venir un boulanger. Il faudrait aussi réaménager le territoire, et puis mutualiser les courses et les surveillances d'enfants. » Un silence, ponctué d'un mini-renoncement. « Il faudrait peut-être tricher un peu avec des vélos électriques pour les déplacements longs… »

Une des forces de Louise, et probablement une des sources de son optimisme, c'est qu'elle se positionne à des échelles d'action réalistes. Cela lui permet d'espérer pouvoir faire bouger les choses, sans pour autant perdre sa lucidité. « Nos cartes de lecture de la société sont *has been* », répète-t-elle à l'envi. La bonne nouvelle, c'est qu'il suffit d'en inventer de nouvelles. On peut reconstruire le monde que l'on veut, à condition de faire preuve de créativité et d'amusement. « C'est une opportunité incroyable à saisir ! » Des idées, Louise n'en manque pas. « Tiens, et si on faisait dormir des gens dans les bureaux inoccupés la nuit ? »

Longtemps, Louise a refusé « les petits gestes, type faire son savon et être vegan », mais deux ans de colocation à Bordeaux avec son amie Léandre l'ont convaincue de la force de l'exemplarité. « Expérimenter plutôt que faire des discours. Mettre en place nous-mêmes le changement qu'on veut voir dans la société. » La jeune militante veut tirer du sommeil ceux qui se sont endormis dans le confort. « Si on arrive à en réveiller, disons 30 %, on pourra atteindre l'hégémonie culturelle, ce seuil où ça bascule et où l'on peut commencer la transition. Les politiques ne suivront que lorsqu'il y aura un socle assez fort qui défende un projet de société alternatif. » Lutter *pour* une société désirable, plutôt que *contre* le système industriel actuel.

Et puis, si on n'obtient pas les résultats escomptés, qu'importe ! La lutte elle-même en vaut la peine. « S'engager donne à la vie un sens qui dépasse le quotidien », s'illumine la jeune femme, comblée de s'être « mise au service d'une cause qui [la] dépasse ». « Tu deviens aligné, tu ne te poses plus les questions un peu futiles du quotidien. Tu vis vraiment. » Mais à observer attentivement ses baskets, on y perçoit déjà la bougeotte. Car si sensibiliser les jeunes aux côtés des JAC, c'est très enthousiasmant, ce n'est tout de même pas vraiment agir, pense-t-elle. C'est sur le terrain qu'on croise « les vrais *game-changers* » et qu'on fait les rencontres les plus extraordinaires. D'abord, elle irait bien faire un petit tour chez les Blairoudeurs. Cette association lui permettrait d'observer la nature et d'apprendre le pistage. « Pour protéger le vivant, il faut bien que je le connaisse. » « La désob » aussi la tenterait bien. Entendre désobéissance civile. Pourquoi pas Extinction Rebellion. Mais le kif ultime, « l'engagement le plus pur », ce serait des aventures plus extrêmes, « le militantisme qui agit » plutôt que celui « qui parle ». Dans ses yeux se reflète la silhouette de son ami Sasha : ancien de Sea Shepherd, il a passé des semaines dans sa barque au milieu de l'océan. « Être sur ce bateau et attendre que la baleine sorte : pour montrer que la nature est belle ou risquer sa vie pour que le chalutier ne fasse pas de mal aux cétacés. C'est ça, le vrai engagement : une fin en soi qui peut t'amener jusqu'à risquer ta vie. »

Corentin de Chatelperron, ingénieur

Le Petit Prince des low-tech

> « *Fais de ta vie un rêve, et d'un rêve une réalité.* »
>
> Antoine de Saint-Exupéry

« Quand je rejoins Corentin dans ses aventures, ce sont toujours les pires moments de ma vie. À chaque fois, j'y vais avec beaucoup d'enthousiasme et après, je me dis que je n'y retournerai plus jamais ! » Douze ans après la traversée de la mer Rouge avec son frère, Arthur de Chatelperron garde le souvenir d'une « vraie tannée » : « Un enfer sur mer, une chaleur de bête, l'affût permanent pour éviter les porte-conteneurs… Je l'ai rejoint un mois ; il m'en a fallu plusieurs pour m'en remettre ! » Et Corentin ? « Pour lui, ça s'est très bien passé ! », en rigole encore Arthur. « Galère après galère, il réussissait à rester positif, gardant son calme et sa lucidité. »

Corentin de Chatelperron le reconnaît bien volontiers : il est « de ceux qui excellent dans l'inconfort et se ramollissent dans le confort[1] ». C'est sur la brèche qu'il est le plus créatif, dans la contrainte qu'il est le plus libre.

« J'aime ce que je fais », me convainc sans peine l'ingénieur breton, fondateur du Low-tech[2] Lab de Concarneau et figure de la série documentaire d'Arte *Les Escales de l'innovation*. « J'ai toujours monté mes projets en essayant de m'amuser et de faire que le chemin parcouru pour atteindre l'objectif soit le plus agréable possible. C'est toujours plus galère que prévu, mais je ne regrette jamais et ça m'aide pour la fois d'après. » À 39 ans, Corentin a les boucles blondies par le soleil de l'Atlantique et le palmarès d'un serial aventurier. Ce qui le rend fier, ce sont moins ses exploits que la conscience d'avoir suivi « la même intention, comme un fil rouge » depuis quinze ans : « Trouver une meilleure manière de vivre sur cette planète, avec une empreinte positive. » Positive, carrément ? « Oui, je trouve ça triste de vouloir juste "limiter l'empreinte négative" des humains : ça voudrait dire qu'on est négatifs. Mais on est comme les autres espèces vivantes, et on construit avec elles. »

C'est au sud de Vannes que s'enracine son sacerdoce. Corentin grandit à Muzillac avec ses trois frères et sœur. Fan de récits d'aventures et de la série *MacGyver*[3], le jeune garçon adore bricoler : quand il ne fabrique pas un arc ou une cabane, il « répare des trucs », de la débroussailleuse en panne à la serrure grippée. Le goût de l'exploration le gagne dès l'âge de six ou sept ans. « On part en expédition ! », lance-t-il immanquablement à ses parents, coiffé de son grand chapeau de cow-boy, avant de déguerpir avec Arthur. Déjà, il prend la mer, ou plutôt la rivière au bout du jardin, à bord de son radeau en bidons. Chaque été, la famille, armée de ses Bolino à la brandade de morue, part en randonnée dans les Cévennes ou ailleurs. « J'adore l'esprit rando, me raconte Corentin de sa petite voix lors de notre première rencontre à son QG de Concarneau. Ça m'a permis de développer ce qui était strictement nécessaire. » Objets réparables et multi-usages : « Quand on porte un sac à dos, tout doit être choisi. » Trente ans plus tard, il est toujours aussi détaché du confort et des biens matériels. Résultat : son empreinte carbone flirte avec le néant.

Une visite s'impose : bienvenue dans son sac à dos ! Ou plutôt dans son « écosystème d'objets », comme il l'appelle. On y débusque un couteau suisse, de quoi concocter son « plat de base » en tout point du globe (couscous de blé et lentilles, graines et fruits secs), une cuillère, une timbale, une gourde en inox, un réchaud, un casque audio fait maison, un carnet, un stylo (qu'il réapprovisionne chaque mois à la seringue à partir d'un bocal d'encre de Chine) et un ordinateur… en bois. C'est son dernier challenge : depuis peu, il a remplacé son ancienne machine par un simple support en bois équipé d'un clavier, d'une souris et de petits panneaux solaires. Relié à son *smartphone*, l'ensemble fait office d'ordinateur. À quoi bon démultiplier les terminaux numériques qui présentent un fort impact en termes de gaz à effet de serre ? Sauf que Corentin, lui, en plus de se poser la question, il agit. Il a compris que « pouvoir se sentir heureux avec peu, c'est la garantie de pouvoir toujours l'être[4] ».

Corentin de Chatelperron

Après Muzillac, cap sur Nantes en 2001. Corentin passe cinq années à l'Institut catholique des arts et métiers (ICAM). Pour le coup, il y laisse son empreinte. Forte et durable. « Des comme lui, on n'en a qu'un tous les dix ans… », chuchote un ancien directeur de l'école. Son stage de troisième année le propulse en Inde, à quelques enjambées de l'ancien comptoir français de Pondichéry : il y travaille sur un projet éolien dans la communauté utopiste d'Auroville. Premier contact avec une tribu d'écolos passionnés, premier déclic. Il revient changé.

Son diplôme d'ingénieur en poche, il se lance dans un projet d'éco-tourisme dans le Vercors. Mais ça ne bouge pas assez vite. En plus, il faut être bien sapé… Envie d'autre chose, ailleurs. Il lâche l'affaire et, en 2009, s'envole à nouveau pour l'Asie. Les amis de ses amis étant ses amis, il atterrit cette fois au Bangladesh où il rejoint le navigateur Yves Marre. Le baroudeur solidaire monte à Dacca un chantier naval baptisé Tara Tari pour fournir aux Bangladais des embarcations de pêche sûres et durables. Il recherche un ingénieur. Corentin saute sur l'occasion. Très vite, il envisage de remplacer la fibre de verre par celle de jute. Ce serait une opportunité fantastique, se dit-il, pour ce pays dont le ministre du Jute (si, si, il existe) se désespère de voir décliner la production de cette plante locale surnommée « l'or du Bengale », face à la concurrence agressive des fibres synthétiques.

Sur le Brahmapoutre, dans le bateau pirate où il a posé son hamac, Corentin dessine et imagine, chaperonné par ses nouveaux amis, Ramesh le rat et ses voisins, un couple de geckos. Sur son cahier à carreaux naît *Tara Tari*, le premier bateau en jute jamais construit. Et s'il le fabriquait, puis rentrait en France à la voile pour récolter les fonds nécessaires à la poursuite des recherches ? L'idée est là. Elle s'accroche. Corentin sait se méfier de ces idées qui l'assaillent en pagaille. Mais celle-ci est la bonne. Il le sait. Ses pères spirituels ne disent pas autre chose. N'aie pas peur de l'inconnu, lui chuchote Henry de Monfreid, tandis qu'Antoine de Saint-Exupéry lui conseille de suivre ses envies, librement. Corentin a beau voir son idée comme « une graine dans une terre fertile », reste un infime bémol : il ne s'y connaît pas plus en navigation qu'en construction aéronautique. « Heureusement, se chambre-t-il lui-même, sinon ce serait démoralisant[5]. » Pas grave, il suffit de s'entourer de bons « jardiniers ». Ils auront pour noms Yves Marre, Marc Van Peteghem, l'architecte naval qui greffe des ailes aux voiliers, et Gérard d'Aboville, qui a osé traverser l'Atlantique à la rame. Pas moins. Car si « Coco » est l'humilité incarnée – il fuit la lumière et les applaudissements –, ses projets, eux, manquent singulièrement de modestie ! Six mois plus tard, le rêve devient réalité : *Tara Tari* quitte le port de Dacca. Il lui faudra six mois de plus – périlleux, magiques et rocambolesques – pour accoster à La Ciotat à l'automne 2010. Morale de l'histoire : « Ça n'a pas toujours été facile, mais ça a tenu : le jute, c'est du costaud ! »

La graineterie à rêves est lancée, elle ne s'arrêtera plus. Séduit par ce « gamin » de 27 ans « rentré du Bangladesh dans sa pirogue en fibre de jute », le navigateur Roland Jourdain file le rencontrer au Salon nautique de Paris. « Salut ! Moi, je fais de la voile », se présente-t-il à Corentin, qui ne le reconnaît pas. « C'était pas faux », se marre l'ingénieur en se remémorant la scène. Plus qu'un simple voileux, il avait tout de même face à lui l'ancien double vainqueur de la Route du Rhum… Roland Jourdain, « Bilou » pour ses proches, a pris conscience de son impact sur la planète dans les années 2000. Avec sa compagne Sophie Vercelletto, il est d'autant plus motivé par l'expérience du jeune Morbihannais qu'il s'intéresse aux biomatériaux susceptibles de rendre moins polluante la course au large. Il se sent « si con de [s]'être enfermé dans [s]on monde de performance vitesse » qu'il tient absolument à « sortir de l'ombre les pépites » comme Corentin, grâce au fonds Explore qu'il est en train de monter pour soutenir celles et ceux, « engagés et optimistes », « qui bousculent les idées arrêtées » et « offrent des solutions concrètes pour répondre aux défis environnementaux et humains ».

« Avec Bilou, on est tout de suite tombés amoureux de Coco », se souvient Sophie Vercelletto. « C'est le prototype du gars des solutions », complète son compagnon, impressionné par son protégé : « Sa vie n'est faite que d'optimisme. Et dans son sillage, il emmène une génération entière. C'est notre héros. » L'un comme l'autre voient en lui « un mélange de Moitessier[6] et de Saint-Exupéry ». Un petit être libre. Totalement et absolument libre. En écoutant Sophie et Roland, je souris : lors de notre première rencontre à Concarneau à l'hiver 2022, Corentin m'avait immédiatement fait penser au *Petit Prince*, avec sa silhouette filiforme, ses mèches ébouriffées, sa simplicité et son air candide. Plus tard, c'est la poésie de sa plume qui m'évoquera le garçon à la rose.

Bangladesh, acte II. L'ingénieur y poursuit ses recherches. Avec l'aide de Marc, l'architecte naval, il passe deux ans à construire un voilier traditionnel en toile de jute, un sampan de six mètres de long baptisé *Gold of Bengal*. Tout est réalisé sur place, le nouveau composite est tissé avec des machines locales adaptées à ce nouvel usage, tandis que la voile est taillée dans un ancien spi de Roland Jourdain, propulsé parrain de l'aventure. À l'été 2013, Corentin reprend la mer pour tester la solidité de son prototype dans le golfe du Bengale. Une fois au large, le fantôme de Robinson Crusoé joue aux sirènes ensorceleuses. L'apprenti marin se laisse charmer : sa prochaine mission sera de vivre en complète autonomie, loin de la civilisation. Il produira à bord son eau, sa nourriture et son énergie à l'aide de technologies basiques : les low-tech, des trouvailles à la MacGyver qui vont devenir ses meilleures compagnes. Il embarque un dessalinisateur manuel – qui nécessite de pomper une heure et demie par jour pour obtenir cinq litres d'eau douce –, un four solaire, un réchaud à bois, une serre pour ses légumes, sans compter deux poules pour les œufs.

Sauf qu'il n'est pas Kevin Costner dans *WaterWorld* et que ça ne marche jamais comme dans les superproductions américaines. S'il traverse des moments magiques et des paysages fascinants, le rêve d'autonomie, lui, prend l'eau. Un brin stressées, les poules ne pondent plus, les patates font une mortelle insolation tandis que les termites dévorent le mât en bambou. Il a beau être ingénieur et créatif, il lui manque des savoir-faire. « Réussir à calculer des racines carrées ne m'aidait pas à faire pousser les racines de mes concombres[7]. » Dans cette frustration se niche pourtant l'embryon de son nouveau projet : six mois d'aventure, même bancale, l'ont convaincu que les low-tech pouvaient répondre aux besoins primaires de millions de personnes sur Terre. Comment croire que personne d'autre ne planche sur un prototype de dessalinisateur solaire, alors qu'un tel système sauverait des centaines de millions de personnes ? Puisque la recherche se désintéresse de ces technologies minimalistes, préférant « se consacrer à développer des systèmes ultracomplexes – les high-tech –, peu accessibles, ni respectueuses de l'environnement », à lui de dénicher ces trésors qui changeront la face du monde.

Grâce au fonds Explore et à plusieurs mécènes, il achète un ancien voilier de plaisance, le *Nomade des Mers*, qu'il amarre à Concarneau. Un bateau à son image, car si Corentin aime la solitude, il goûte moins l'immobilité. D'être nomade, « ça te stimule en permanence, tu ne peux pas t'endormir, tu es toujours un peu challengé. Quand ta journée découle de la force du vent, de l'intensité du soleil ou de la pluie, ta seule dépendance se situe par rapport à la nature qui est au-dessus de toi. » Il transforme le catamaran en laboratoire flottant et prend la mer début 2016, avec quelques membres d'équipage. Objectif : faire le tour du monde et partir à la rencontre d'inventeurs de génie pour « dénicher, documenter et diffuser » des low-tech et en faire profiter le plus grand nombre via des tutos publiés gratuitement sur internet[8].

Les low-tech, explique le skippeur à un public attentif lors du festival Kesako de Concarneau, ce sont « des savoir-faire utiles, accessibles et durables ». Fabricables partout dans le monde, ces technologies utilisent des ressources locales et répondent à un besoin de base : accès à l'eau, à l'énergie, à l'alimentation ou aux matériaux de construction. « Ça devait durer trois ans, ça en a duré six, car on a trouvé beaucoup plus de choses que prévu », raconte-t-il à la foule venue l'accueillir le 25 juin 2022 pour son retour à Concarneau. À chaque escale, le catamaran s'est doté d'une nouvelle innovation. Au Sénégal, ce fut une éolienne fabriquée avec des moteurs d'imprimantes recyclés ; au Guatemala des filtres en céramique pour purifier l'eau ; à Singapour, l'hydroponie, une méthode qui consomme dix fois moins d'eau que les cultures classiques… Après 25 pays visités, Corentin peine à réaliser que l'aventure est terminée. « Pour moi, ce n'est pas la fin d'un truc, mais le début de quelque chose. Je suis plein d'énergie. »

Écoptimiste, il l'est par nature, autant que par nécessité. « Il *faut* envoyer un message optimiste, dit-il. Il y a beaucoup d'écolos alarmistes qui veulent changer les comportements par la contrainte : ça n'incite pas au changement. » Il préfère croire en la naissance d'un imaginaire low-tech. « Elon Musk et Mark Zuckerberg, eux, savent bien vendre leurs rêves. Il suffit de regarder ce que font les grands pontes du marketing. Pour convaincre quelqu'un d'acheter une voiture, ils vendent une image de réussite sociale, de bonheur, de liberté : on doit réussir à faire pareil. » L'ingénieur solidaire aime à comparer les low-tech aux premiers ordinateurs, ces bécanes conçues dans des garages dont personne n'imaginait qu'elles révolutionneraient la société. « Aujourd'hui, beaucoup de low-tech sont à ce stade du prototype de garage. On a besoin de les rendre plus ergonomiques. » Plus sexy aussi, afin qu'elles ne soient plus associées à un statut social de second rang. Pourquoi ne pas copier les constructeurs qui, chaque année au Salon de l'automobile, exposent « des *concept cars*, lesquels, bien souvent, sont incapables de rouler, mais proposent une vitrine combinant toutes leurs innovations » ?

Son *concept car* à lui a pour nom la Biosphère. Sa carrosserie n'est pas en acier mais en bambou. C'est lors d'une escale à Madagascar que germe ce nouveau rêve dans le cerveau de l'ingénieux. Il vient de lire un article sur SpaceX, le programme d'Elon Musk – encore lui – pour coloniser Mars. Le texte évoque la nécessité de créer sur place un écosystème clos, combinaison de technologies et d'organismes vivants, pour produire de l'énergie et de la nourriture afin de vivre en autonomie. Différentes expérimentations de ce type ont déjà été réalisées sur Terre : la plus célèbre, baptisée « Biosphère 2[9] », a été menée aux États-Unis dans les années 1990. Corentin bouillonne : « Comment peut-on prétendre s'occuper d'une autre planète quand la nôtre est si mal gérée ? Plutôt que de mettre des milliards pour coloniser Mars, un caillou invivable, les agences spatiales devraient faire ces recherches pour vivre sur Terre, la meilleure planète du système solaire ! » Encore une fois, l'idée chemine. En 2018, alors qu'il fait escale en Thaïlande, le Breton laisse à un couple d'amis le gouvernail de son voilier et s'installe seul, coupé du monde, sur un immense radeau de bambou ancré dans une baie isolée au large de Phuket. Il y entasse une trentaine de low-tech. L'écosystème ultrasophistiqué que SpaceX prévoyait de mettre au point pour la planète rouge, il allait tout bonnement le créer sur Terre, dans une version accessible à tous. Pied de nez au monde spatial, il baptise son expérience « Biosphère » ; elle va durer quatre mois. Ce sera l'un de ses plus formidables voyages.

Les Écoptimistes ont une propension naturelle à l'excès d'optimisme. Corentin reconnaît que chez lui c'est même toujours le cas. « Ma vie, écrit-il un soir sur sa plateforme en bambou, après une nouvelle journée exténuante, ressemble à un faux plat. [...] Je m'attaque à des montagnes avec l'élan d'un promeneur du dimanche[10]. » Et quand tu te rends compte que ça ne marche pas comme tu voulais ? « Alors, il est important d'être têtu et persévérant ! », me rétorque-t-il avec humour. S'il dépasse parfois la dose maximale conseillée d'optimisme, il est en revanche un ascète exemplaire : il a une discipline de moine. Une manière pour le nomade qu'il est devenu de maintenir son équilibre. « Je suis parti de chez mes parents à 18 ans, et depuis je n'ai jamais posé mes valises. C'est venu naturellement, sûrement pour ne pas devenir fou et ne pas être trop déstabilisé par l'absence d'habitudes. L'esprit a besoin de repères... » Cela passe par une invariable routine matinale, « le moment le plus cool » de sa journée, qui lui permet de survivre à ces *to-do-list* longues comme deux bras. Chaque jour, le même rituel : il se lève, prépare son café, le boit avec un morceau de chocolat, avant de méditer et de s'isoler à l'intérieur de lui-même, pour écrire, dessiner ou écouter de la musique. Il en profite pour noter dans son carnet les meilleurs moments de la veille. De quoi réduire en poudre « toutes ces idées fausses que l'on se fait sur ce qui nous rend heureux. En fait, ce sont des trucs bêtes qui te rendent heureux au quotidien. Des moments hyper simples qui n'ont aucun lien avec l'argent ou le succès. Les relire m'aide à mieux gérer mon temps et équilibrer mes activités entre travail, sport et socialisation. » Tes meilleures journées ? « Celles où j'ai vécu des moments dans le présent, où même respirer est un plaisir. »

Attaques de moustiques, d'araignées rouges, dépérissement de ses plantes… L'écosystème a beau s'être emballé plusieurs fois, son immersion dans la Biosphère au milieu des champignons, des grillons et de la spiruline l'a rapproché du vivant, bactéries incluses. Il a pris conscience qu'il n'était pas le grand prédateur qu'on nous vend dans les livres d'histoire et de biologie, mais qu'il clopinait loin derrière le moustique, la mouche et la chenille. « Il a développé une telle empathie avec ses compagnons de radeau, le taquine encore Roland Jourdain, que le premier grillon qu'il a bouffé, ça lui a beaucoup coûté ! » Toutes ces espèces, qu'ils considéraient comme de simples systèmes à son service, sont progressivement devenues des membres de sa famille. Sur sa plateforme, le technicien a constaté à quel point « s'associer à des espèces vivantes pouvait s'avérer beaucoup plus efficace que d'utiliser des machines complexes ». Telles les mouches soldat noir, qu'il découvrira un peu plus tard en Malaisie : leurs larves grignotent les déchets organiques à un tel rythme qu'elles multiplient leur masse par 6 000 en deux semaines ! Corentin se prend quelquefois à rêver : si seulement l'être humain pouvait recréer ce lien avec la nature et briser le rapport de domination qu'il a mis en place il y a des milliers d'années…

L'explorateur reconnaît être parfois rattrapé par « une tristesse de fond ». Quand il pense au coût écologique de l'avion, aux « villes construites autour de la bagnole », mais surtout à l'effondrement de la biodiversité. « Comment des espèces qui ont passé des millions d'années à se développer peuvent-elles disparaître à cause de nous ? » Le début de la sixième extinction de masse, ressasse-t-il, « c'est le genre de truc dont on se souviendra dans mille ans. Tu te rends compte, la dernière remonte à 66 millions d'années ! » Et quand, à l'été 2021, la nouvelle du transfert au PSG d'un simple joueur de foot, aussi Messi soit-il, éclipse l'effroyable rapport du Giec, il fait l'expérience du pessimisme. « Je me dis que les gens s'en foutent. C'est comme si tu avais commencé à faire le ménage et qu'en ouvrant un placard, tu découvrais soudain que c'était encore plus le bordel. C'est décourageant. »

Mais l'abattement ne dure jamais longtemps. Il évacue en allant courir ou en songeant à la beauté de la planète, grâce à une capacité d'émerveillement XXL : « J'ai l'impression que si les humains débarquaient sur la planète Terre, ils la trouveraient vraiment géniale avec ses chutes d'eau, ses couchers de soleil, ses dauphins, ses méduses qui s'illuminent. C'est un sacré eldorado, notre truc. » Au lieu de le plomber, les mauvaises nouvelles finissent même par le stimuler. Il trouve « excitant d'appartenir à ces générations amenées à relever ce challenge incroyable, le plus grand de l'histoire de l'humanité ». Pour changer les choses, il croit plus que tout en l'éducation : « Chacun d'entre nous peut devenir un explorateur des nouveaux modes de vie. »

Quand j'ai quitté Corentin à l'automne 2022, il s'apprêtait à lancer son nouveau *concept car*, la Biosphère 2, dans le désert du Mexique, une de ces zones arides où vit déjà un tiers de l'humanité, une proportion qui ne va cesser de grossir. Il m'a promis « une version futuriste et désirable avec une combinaison de trente low-tech », le tout associé à un film et une web-série. « Après, exultait-il, n'importe qui pourra monter sa biosphère. » Comme d'habitude, il pensait déjà au coup d'après : pour la Biosphère 3, il pourrait bien déposer ses valises bourrées de low-tech dans une ville française… « En mettant bout à bout des low-tech assez simples, m'assurait-il alors avec conviction, on peut régler l'équation et vivre sur Terre de manière durable. Si je refais le parallèle avec Mars, ils ont encore devant eux de sacrées emmerdes et de gros problèmes techniques. Nous, il nous suffit d'arranger quelques trucs. On est proches de la sortie. D'ici une dizaine d'années, on aura de vrais modèles à proposer qui feront rêver les gens. »

Pendant ce temps-là, à Concarneau, Sophie Vercelletto continue à le couver du regard. « Il est visionnaire. Il voit des choses que l'on ne voit pas encore. » En 2016, au départ du *Nomade des Mers*, se souvient-elle, « il y avait photo avec la presse. Toute l'équipe regardait les objectifs. Lui, il regardait au-delà. »

Heïdi Sevestre, glaciologue

Lady Shackleton

« Par l'endurance, nous vaincrons. »

Ernest Shackleton,
explorateur polaire

« Dorothée, tu veux venir tirer des pneus avec moi ? » Je résiste rarement à une proposition inattendue. Mais je dois avouer que, ce jour-là, mon audace vacille un brin. « Tu verras, ça va être fun ! » La voix de Heïdi est si enjouée au téléphone que je remballe aussi sec ma perplexité : « Tirer des pneus ?... Euh, OK, pourquoi pas ? » Et advienne que pourra. C'est ainsi que je me retrouve par un énième week-end caniculaire de juin 2022 à randonner dans la forêt du Semnoz, qui surplombe le lac d'Annecy. Pour me rejoindre depuis Copenhague, la glaciologue vient de passer... 26 heures dans le train ! J'admire la performance, tout en crapahutant dans la montagne. « Yes ! » s'écrie-t-elle soudain en retrouvant deux vieux pneus cachés dans les fourrés, tandis qu'un jeune chevreuil, surpris, détale dans la pente. Quelques minutes plus tard, l'expression « tirer des pneus » prend enfin tout son sens : ceinturée d'un harnais, Heïdi s'est encordée aux pneumatiques. Le buste penché vers l'avant, elle a commencé à les tracter : un entraînement parfait pour qui aime à tirer une *pulka*, ce petit traîneau lapon, des heures dans la neige… « J'adore l'effort, c'est ma bulle, mon équilibre, lance la Savoyarde, avec le large sourire qui la caractérise. Plus tu dépenses de l'énergie, plus ça t'en donne ! »

Heïdi Sevestre a 34 ans, une énergie sans limites et elle est glaciologue. Mais pas que. Si elle s'entraîne aussi dur, c'est que, dans un mois, elle rejoint une expédition au Groenland au côté « des meilleurs athlètes au monde ». L'aventure donnera lieu à une série de documentaires pour la chaîne National Geographic. Tandis que les grimpeurs escaladeront les plus hautes falaises de la planète, Heïdi mènera une quinzaine d'expériences visant à mieux comprendre comment cette région réagit au changement climatique. « Vu qu'on sera une petite équipe, pas question d'être le boulet ! », rigole-t-elle, tout en tractant son deux-roues insolite. Sur notre passage, les randonneurs observent, hébétés, cette jeune femme blonde aux cheveux courts et à la joie communicative. « Mademoiselle, je crois que vous avez crevé », plaisante l'un d'eux. Heïdi me regarde, complice : « Ces pneus, c'est un *ice-breaker*[1] de dingue ! » Certains de ses proches aimeraient qu'elle ralentisse. Inconcevable, car c'est le mouvement qui la maintient en vie : « Il faut que je reste active, sinon le château de cartes s'effondre. »

Heïdi Sevestre

Si son QG familial reste à Annecy, près de sa « p'tite Mamie », son territoire de cœur est le Svalbard, un archipel norvégien situé dans l'océan

Arctique où elle vit une bonne partie de l'année. Depuis son année Erasmus en 2008 au centre universitaire du Svalbard (UNIS), puis son doctorat entre 2011 et 2015, Heïdi n'a jamais vraiment refait son paquetage. Au cou, un pendentif en forme d'ours blanc acheté sur l'île polaire fredonne des promesses de retour. « C'est particulier de vivre ici, ce n'est pas un endroit pour tout le monde, c'est sûr, mais pour moi, c'est le graal ! Je me sens la fille la plus chanceuse de l'univers. C'est ma survie de vivre ici, assure cette passionnée de glaciers. C'est tellement beau : la lumière, bleue, rose, les couchers de soleil, les roses de glace sur la plage… C'est comme vivre dans le monde de Narnia : le matin, tu ouvres ta porte et tu te prends la nature en pleine face. Il y a du vent, il fait ultra froid, tu assistes à des phénomènes météorologiques invraisemblables, tu croises des animaux que tu ne vois nulle part ailleurs : des rennes, des renards polaires, des skua, des bruants des neiges… »

Ça, c'est pour le côté pile. Mais côté face, le Svalbard est aussi l'épicentre du changement climatique : région habitée la plus septentrionale au monde, c'est aussi celle qui se réchauffe le plus vite. Jusqu'à sept fois plus vite. Cela signifie que + 2 °C de moyenne mondiale, ce sera jusqu'à + 14 °C au Svalbard d'ici 2100, ou même 2050. Inouï. Insensé. Suffocant. Les termes n'existent pas encore tant la réalité est inconcevable. Depuis 1979, la glace de l'Arctique a perdu une surface équivalente à celle de l'Inde. « On voit déjà des avalanches en pleine ville, des glissements de terrain », me décrit la jeune femme. Quant aux ours polaires, acculés par la fonte de la banquise, ils se mettent à chasser les rennes, avec lesquels ils cohabitaient jusqu'ici. Soudain, le débit naturellement enjoué et rapide de Heïdi s'alentit. « Pour moi, c'est une énorme… » Elle réfléchit. « Une énorme… tristesse. En fait, je n'arrive pas à trouver de mots assez forts. Je suis tellement attachée à ces paysages. Comment peut-on laisser faire ça ?… »

Alchimie ou magie blanche de l'Arctique, sous mes yeux, l'éco-anxieuse se transforme soudain en écoptimiste pure et dure. En quelques secondes, la tristesse se noie dans la rage et la rage fait naître le désir d'agir. Haut-parleur : « J'étudie un monde qui est en voie d'extermination, c'est facile de se dire "je baisse les bras", beaucoup moins de se lever le matin et de se dire "je vais tout déchirer". Le meilleur remède face à l'anxiété climatique, c'est l'action. Quelle qu'elle soit. Et ce n'est pas en déprimant qu'on va y arriver ! Si tu dézoomes un peu dans la vie de l'humanité, on est face à un moment extraordinaire : la survie de notre civilisation est menacée, mais nous avons aussi cette chance de pouvoir la sauver. C'est prodigieux de me dire que je suis née dans cette période où on peut créer une société qui nous ressemble et un futur en adéquation avec les limites planétaires. Imagine si j'étais née vingt ou cinquante ans plus tard… »

Le moment idéal pour Heïdi était donc bel et bien de naître en mars 1988 à Annecy. Elle grandit à Gruffy, à vingt kilomètres de là. Gruffy, son millier d'habitants, sa fruitière[2] et ses 130 fontaines. Gruffy surtout, un village au pied du Semnoz, un massif couvert de sapins : « J'ai tellement passé de temps, seule, dans cette forêt à chercher des animaux pour les observer. » Biches, chevreuils, chamois, marmottes, renards… toutes les empreintes sont bonnes à mouler une fois rentrée à la maison. Sa bible : *Copain des bois*, la revue des « petits trappeurs », qui lui apprend à identifier les traces et survivre en forêt. Influencée par sa mère, bibliothécaire, elle dévore les aventures d'Heïdi, la petite orpheline élevée par son grand-père dans les Alpes suisses ; celles aussi des explorateurs polaires : Amundsen, Scott, Charcot, mais surtout – son modèle entre tous – Ernest Shackleton. En dépit de ses efforts répétés, le Britannique n'a jamais atteint le pôle Sud. Sa quatrième expédition polaire, à bord de *L'Endurance* (1914-1917), est pourtant devenue légendaire : malgré des péripéties diaboliques et des mois d'errance en Antarctique avec son équipage, le « Boss » est parvenu à ramener tous ses hommes au port.

Grands amoureux de la nature, les parents d'Heïdi lui donnent le goût de la randonnée en montagne – « j'avais toujours envie de gagner de l'altitude, d'aller plus haut » –, mais ils rechignent à lui confier les piolets qu'elle tripote sans cesse, car la famille a été meurtrie par de graves accidents d'alpinisme. Elle doit sa vocation à Hubert Cretton, un guide de haute-montagne. « La télévision suisse romande avait lancé un casting pour dénicher de jeunes participants à une course entre Chamonix et Zermatt. J'avais 17 ans. C'était Hubert qui s'en occupait. Je lui ai expliqué que je voulais faire un métier en lien avec la montagne et les glaciers. C'est là qu'il m'a dit : "Tu sais qu'il y a un boulot où tu es payée pour les étudier ?" » Banco : elle sera glaciologue. On ne va pas se mentir, c'était surtout « pour kiffer ma *life* et crapahuter sur toutes les montagnes possibles », s'égaye-t-elle. C'est à la fac, deux ans plus tard, qu'elle saisit que « glaciologue, c'est aussi une responsabilité de dingue ». Étudiante en géographie, elle s'intéresse alors à son premier glacier. Elle découvre qu'au XIXe siècle le glacier alpin du Trient avançait encore. C'était un tel colosse qu'on faisait même commerce de sa glace. Cent cinquante ans plus tard, il n'est plus qu'un nain. « Je me suis rendu compte que ce qui était en train de se passer était dramatique. » Et si elle devenait la voix de ces géants silencieux ?…

La suite, c'est un Erasmus au Svalbard en troisième année de licence – un « kif total » –, suivi d'un master de glaciologie au pays de Galles, puis de deux expéditions en Himalaya et au Groenland : « En Himalaya, j'ai compté des cailloux durant cinq semaines. J'étais au plus bas de l'échelle, mais ça m'a permis de comprendre comment marchait une expédition. J'avais faim, faim, faim d'apprendre et de voyager. » De quoi se rapprocher un peu plus de son « héros absolu », le Boss, « un leader extraordinaire qui a mis son ego de côté pour sauver son équipe ». Une place de doctorant se libère au Svalbard. Il est promis à un autre, mais la Savoyarde se bat comme une lionne et décroche le job en 2011. C'est parti pour quatre ans de thèse au Svalbard, où le premier glacier se trouve à deux kilomètres de la fac. Là-bas, les doctorants doivent consacrer un quart de leur temps à l'enseignement. Pour Heïdi l'ultra-timide, le défi semble insurmontable. Et puis, elle songe à son superviseur : « En fait, j'avais le meilleur exemple sous les yeux : pendant les cours avec lui, on frissonnait, on riait… C'était un vrai acteur. » Alors, elle se lance et, très vite, se prend au jeu. Elle plaisante, truffe son propos d'anecdotes personnelles et se met à la portée de l'auditoire. Marie-Françoise, sa mère, voit sa petite fille timide disparaître derrière une femme « intrépide, courageuse et persévérante ». Ces cours, associés aux interactions avec les nombreux journalistes de passage au Svalbard, lui mettent le pied à l'étrier. Elle ne descendra plus du cheval de la communication scientifique.

2015 sonne la fin d'un cycle. Après le paradis arctique, que faire, où aller ? Une opportunité se présente en Écosse : en 2016, elle accepte un poste de chercheuse à l'université de Saint Andrews. Un rêve pour tout glaciologue normalement constitué, mais la qualité de l'équipe ne suffit pas à masquer l'absence de terrain et sa mue mortifère en « une glaciologue de bureau ». Le monde académique l'étouffe. « Publier ou périr. » Tout ce qui compte pour faire progresser sa carrière dans ce milieu ultracompétitif est de publier des articles. La communication au public n'est pas valorisée. Elle demande à intervenir dans des écoles. « Non, non, concentre-toi sur tes papiers », lui répond-on. « Mes parents, se désole-t-elle alors, ne liront jamais les articles imbuvables que je vais écrire… » Elle ne se sent pas utile, pas légitime et perd la flamme sacrée. Alors bien sûr, se rachète-t-elle aujourd'hui, « c'est ultra important, la recherche fondamentale, mais s'il n'y a pas quelques personnes qui font le service après-vente, ça ne motivera personne à agir ». Le *burn out* est salutaire : « Si je n'avais pas été déprimée à ce moment-là, analyse-t-elle, je ne me serais pas focalisée sur l'action. »

C'est là que France 5 la contacte. La chaîne lui propose de présenter sa série documentaire *Terres extrêmes*. Elle, face à la caméra ?! Et pourquoi pas, finalement : « C'est quand tu sors de ta zone de confort que la magie se produit. » Elle quitte son laboratoire et sillonne la planète, de l'Islande au Japon, en passant par la Californie. La machine à impact est lancée, elle devient « une free-lance de la science ». Les projets s'enchaînent. Un professeur de La Rochelle la contacte pour cornaquer les élèves du collège Fénelon et les sensibiliser au dérèglement climatique. Le projet s'appelle « Demain, c'est nous » ; la classe ira… jusqu'au Svalbard. « Vu que j'étais super frustrée, je me suis dit : je vais dire oui à tout ce qu'on ne m'autorisait pas à Saint Andrews ! Résultat : j'ai fait des trucs qui ont ouvert mes horizons de manière extraordinaire. » Tant et si bien qu'en 2018 : « Maman, je vais démissionner de mon poste en Écosse et me consacrer entièrement à la communication scientifique. Je veux transmettre ce que je sais. – Tu es folle, ma fille, tu ne vas pas faire ça ! » Elle l'a fait. Sans regrets. « À chaque fois qu'elle a opté pour des choix risqués, l'avenir a montré qu'elle avait eu raison », reconnaît sa mère, bonne perdante. Nina Adjanin, une alpiniste d'élite, se sent « honorée d'être devenue son amie » : « Heïdi a quitté le confort de l'académisme pour défendre les glaciers. Elle ne le fait pas pour être célèbre, mais pour servir une cause. J'en connais certains qui se poussent à y croire, mais elle est la seule que je connaisse qui est optimiste de cœur, elle y croit vraiment. Elle a un impact sur nous tous. »

Depuis, Heïdi communique « à fond les ballons », donnant des conférences tantôt à des enfants de six ans, tantôt à des PDG ou à des chefs d'État, participant à des documentaires internationaux ou jonglant avec les réseaux sociaux. Si elle passe chaque mois des dizaines d'heures dans le train pour minimiser son impact, elle prend encore l'avion. D'ailleurs, elle y pense tout le temps. Et à chaque fois se demande « si le jeu en vaut la chandelle. La science doit faire un effort en matière d'empreinte carbone, mais il ne faut pas se voiler la face : dans mon métier, il y a encore besoin de l'avion pour certaines réunions où les relations humaines sont essentielles, et pour collecter des données scientifiques : si on veut comprendre ce qui se passe au niveau du dérèglement climatique en Arctique et en Antarctique, on ne peut pas y aller en kayak avec une empreinte zéro carbone ».

Cible numéro un : les politiques. En 2020, elle profite de la pandémie de Covid-19 pour collaborer avec l'ONG américaine International Cryosphere Climate Initiative qui sensibilise les décideurs aux enjeux climatiques. En 2022, elle retourne vivre au Svalbard d'où elle travaille pour le Conseil de l'Arctique, qui regroupe les huit pays riverains du pôle Nord. « Je dois tout faire pour changer les choses, juge l'experte, même dialoguer avec ceux qui contribuent au désastre. » Comme la Compagnie du Ponant : propriétaire d'un brise-glace de luxe, le croisiériste organise des odyssées polaires pour les touristes fortunés. Comment peut-on s'émerveiller de voir un ours sauter d'un morceau de banquise à un autre, alors qu'en réalité, il joue là sa survie ? se demande Heïdi, en colère. « Le capitalisme ne nous permet pas de gérer cette crise. C'est l'occasion de refondre notre système, de réduire les inégalités abyssales, de recréer un lien avec la nature. Il faut donner de l'espoir, expliquer que des métiers qu'on n'imagine même pas seront créés demain. »

Cible numéro deux : la jeunesse. Ce jour de printemps 2022, elle donne, du Svalbard, une visioconférence à des élèves du lycée français de Singapour. Le propos est pédagogique, souvent enflammé. Elle explique comment les glaciers ont rendu « visible l'invisible hausse du CO_2 dans l'atmosphère », raconte le Groenland, « hypnotisant de beauté » et conclut : « On ne peut pas se permettre d'attendre qu'une technologie miraculeuse nous sorte de là. Pour éviter le pire, ça commence par nous. » Sur le *chat*, Corinne interroge : « Mais nous, qu'est-ce qu'on peut faire ? » Instantanément, les fossettes d'Heïdi se creusent de joie : « Ce qui me donne énormément d'énergie quand j'interviens comme ce soir, c'est cette question : il suffit que les gens prennent conscience de tout ça pour *vouloir* agir. Ce qui est formidable, c'est qu'on sait où les solutions se trouvent et que tous les pays y travaillent. » Et de donner aux lycéens trois conseils : s'informer, calculer leur empreinte carbone pour tenter de la réduire et voter pour des gens qui ont compris les enjeux. « Allez Corinne, on y va et on lâche rien ! »

Cible numéro trois : la communauté scientifique. Ce dimanche de mai 2022, Heïdi et moi parvenons *in extremis* à coordonner nos agendas surchargés et à nous croiser à Paris dans un café désert, autour d'un café moka, à l'heure où d'autres font la grasse matinée. Heïdi est en plein *jet-lag* ; elle est rentrée la veille d'Aspen dans le Colorado où elle était invitée pour un séminaire organisé par « les trente meilleurs météorologues au monde ». Petit stress… Qu'allait-elle leur dire, elle, la modeste glaciologue française ? Intimidée, elle choisit tout de même de les bousculer un peu : l'académisme à outrance ne nous sauvera pas ! À la fin de son intervention, John Walsh, une pointure dans le domaine, s'approche d'elle. Elle retient son souffle. « Merci », lui dit-il simplement. À Aspen, m'a-t-il confirmé, « Heïdi a donné une magnifique présentation qui a fait bouger les lignes. » Son approche, qui fusionne science et expériences personnelles, « est bien plus susceptible de déboucher sur des actions que les présentations habituelles – et souvent stériles – des scientifiques ». L'émotion comme vecteur.

Heïdi est aux anges, d'autant que cela fait seulement quelques mois qu'elle a changé de stratégie. C'était à l'occasion d'une conférence pour des étudiants en sciences polaires qu'elle peinait à préparer. « Je me suis dit : il faut que je leur parle de ce que je ressens au fond de moi, et pourquoi je suis scientifique. » Elle leur rentre dedans. « C'était la première fois que je leur parlais comme ça. Je leur ai dit : “Tu ne peux pas être *que* scientifique, il *faut* avoir un impact.” Il n'y avait plus une mouche qui volait dans la salle… » Elle leur cite alors... *Spiderman* ! « De grands pouvoirs impliquent de grandes responsabilités. » Autrement dit, vous avez le *pouvoir* de la connaissance et le *devoir* de la transmettre. La discussion se poursuit au café : « Ils m'ont dit que c'était la première fois qu'on leur parlait de ça, de ce qu'ils voulaient faire de la science. Mais comment rester positif ? m'ont-ils demandé. Je leur ai dit : "Moi, ma soupape, c'est l'action. Je défendrai mes glaciers jusqu'au bout. C'est comme quand on est pris dans une tempête au Svalbard, on peut être tenté de tout arrêter, mais non ! Sinon c'est la mort. Je ne lâcherai rien : je *veux* avoir un impact. Or plus je diffuse ces connaissances, plus je me rends compte que j'en ai un." »

Inspirants, ses projets bouleversent les codes. À défaut de pouvoir sauver « les derniers glaciers tropicaux », elle décide ainsi de capturer ces paysages dans des vidéos à 360° afin de sensibiliser le public à la disparition imminente de ces géants méconnus d'Ouganda, de Colombie ou de Papouasie. Mais si elle n'avait qu'une expédition à retenir, ce serait celle des Sentinelles du Climat, une traversée du Spitzberg, l'île principale du Svalbard, sur 450 kilomètres de distance, afin de mieux comprendre le rôle du noir de carbone dans le réchauffement climatique. En assombrissant la glace, ces particules de pollution réduisent sa capacité à réfléchir l'énergie solaire. Aujourd'hui, elles sont responsables de 30 % de la fonte de l'Arctique.

L'expédition, menée à ski, est la première neutre en carbone et 100 % féminine. Heïdi sélectionne elle-même son équipe composée de six scientifiques. Mais au dernier moment, deux d'entre elles refusent de se prêter au jeu de la communication vers les écoles et les médias, un point non négociable pour la *capitaine* Sevestre. Les deux mutines finissent par quitter le navire. « Ultradéçue », Heïdi garde pourtant le cap. La traversée a bien lieu, en avril 2021. Durant 32 jours, Heïdi, Nina, Anne et Silje progressent lentement, tirant chacune leur *pulka* de 50 kilos, mais les conditions sont « apocalyptiques », du jamais vu pour un mois d'avril. Avec une température de 15 degrés supérieure à la normale, le risque d'avalanche est maximal, les vents soufflent parfois à plus de 140 km/h et, pour survivre, elles doivent plusieurs fois s'enterrer sous la neige. « Si on a pu finir cette expédition avec tous nos doigts, est convaincue la cheffe d'expédition, c'est parce que nous étions des femmes : il n'y avait pas de place pour l'ego, notre règle était de toujours suivre l'avis de celle qui avait le plus peur. Respecter nos émotions nous a sorties de pas mal de problèmes. » Une meneuse d'*hommes*. Une histoire de survie. « Heïdi est définitivement la Shackelton des temps modernes, car elle prend soin des autres, juge Nina qui a participé à l'équipée. La clé, ce n'est pas où on va, mais avec qui. Avec Heïdi, j'irais sur Mars. »

Mardi 5 avril 2022. Salle d'apparat d'un grand hôtel genevois. Heïdi a été invitée, prétendument pour une banale interview, par le jury Shackleton qui doit bientôt décerner sa médaille, la première du genre, à un protecteur du monde polaire. Elle s'attend à une simple formalité. Mais soudain, son interlocuteur ouvre un ordinateur devant elle et lance une vidéo. On y voit le président du jury prendre la parole. Perplexe, la jeune exploratrice fixe l'écran, les mains sagement posées sur les genoux. Et puis : « Parmi une liste exceptionnellement solide, le Dr Sevestre a retenu l'attention des juges pour le courage extraordinaire dont elle a fait preuve en travaillant sur le terrain et pour sa volonté et sa détermination à communiquer son message. [...] Félicitations ! – Quoi ? Je veux dire, c'est la réalité, là ?... » La glaciologue tombe de l'armoire. « Oh mon Dieu !... Waouh !... C'est vraiment incroyable. » Submergée par l'émotion, elle saisit la médaille qu'on lui tend, gravée au nom de son idole : « Je n'aurais jamais imaginé avoir un jour mon nom si proche de celui de Shackleton... »

Guillermo Fernandez, père de famille

Le punk solaire

> *« Horrible en soi, la catastrophe est parfois une porte d'entrée au paradis. »*
>
> Rebecca Solnit

Mercredi 1er septembre 2021, aux alentours de 19 heures, quelque part en Gruyère, dans le canton suisse de Fribourg. Attablés dans la cuisine, Guillermo Fernandez, sa femme et leurs trois ados terminent la tortilla hebdomadaire. Claire[1] a bien senti que son mari était particulièrement nerveux ; elle connaît sa décision mais lui a demandé de réfléchir encore un peu. Et puis : « Il faut que je vous parle de quelque chose… » « Ça y est, s'affole-t-elle en sourdine, il va dégoupiller sa grenade ! » Guillermo poursuit : « Est-ce que vous avez déjà entendu parler du changement climatique ? » Les enfants acquiescent. Il leur montre alors les cinq courbes de couleur publiées trois semaines plus tôt par le Giec et représentant l'évolution future des émissions mondiales de gaz à effet de serre. « Il y a deux courbes qui tombent comme des pierres. Trop ambitieuses, décrypte-t-il, et deux qui montent au ciel, totalement suicidaires, avec des émissions qui explosent… » Pas désarmé pour un sou, le coucou suisse en profite pour sortir de son chalet et pousser la chansonnette. Fin de l'ariette-horaire. « Et puis, continue Guillermo, il y a la courbe du milieu qui a une bonne bouille de courbe raisonnable, sauf qu'elle mène à un réchauffement de 3 °C d'ici la fin du siècle ! L'enfer. C'est pourtant la plus probable… Je voudrais faire tout ce que je peux pour éviter qu'on arrive à ça. C'est pourquoi j'ai décidé de faire une grève de la faim. Quitte… à en mourir. » Stupeur dans la cuisine. Marina, la benjamine, accuse le coup. Elle est profondément émue. Impressionnée aussi par le courage de son père. Du haut de ses 13 ans, c'est elle qui prend la parole. « Papa, je suis fière de toi. Les autres, ils parlent, ils parlent, et ne font rien. Toi, au moins, tu fais ce que tu peux… Même si… » La digue lâche, l'adolescente ne parvient plus à retenir ses larmes. « Même si ça veut dire, persiste-t-elle la voix hachée, que tu peux mourir… »

Spoiler : Guillermo n'est pas mort. Sa grève de la faim à l'automne 2021 lui aurait même plutôt rendu la vie. Après 39 jours de jeûne devant le

Palais fédéral de Berne, le jovial père de famille obtient l'assurance que, six mois plus tard, le parlement suisse sera formé aux enjeux climatiques par des experts du Giec. Une première. Dès le lendemain de sa victoire, le miraculé, bien qu'affaibli et délesté d'une vingtaine de kilos, se dit « impatient d'engager » la bataille suivante. « Très clairement, c'est mon nouveau métier[2] », conclut-il, hilare. Sa folle allégresse me donne l'envie d'aller vérifier si je ne tiens pas là un nouveau spécimen. Munie de mon épuisette, je mets le cap sur la Gruyère. Bingo : Guillermo est écoptimiste. Et profondément humain : tel l'inépuisable balancier de son coucou, il oscille constamment entre les perspectives les plus noires et les réponses les plus lumineuses. Mais qui a dit que l'écoptimisme était un état immuable, un nuage cotonneux duquel on ne descendrait jamais ? L'écoptimiste ne serait-il pas aussi celui qui, tombé sept fois, parvient à se relever huit[3] ?

Catogan, bouc grisonnant et yeux pétillants, Guillermo aime à se décrire comme un citoyen ordinaire, « un bon Suisse normal, plus aisé que la moyenne, avec une grosse bagnole et une grosse maison ». Une normalité de façade qui l'a d'ailleurs encouragé à se lancer dans une grève de faim : « En Suisse, s'est-il dit alors, ce serait un tel outrage de laisser mourir en place publique un bon père de famille bourgeois que ça aura certainement un impact. » Paradoxalement, cela a pourtant failli jouer contre lui, beaucoup se persuadant qu'un papa si ordinaire était forcément manipulé. La réalité n'est pas tant qu'il a été manipulé, mais qu'il n'a en fait… rien d'ordinaire.

Guillermo Fernandez

Cultivé, passionnant, créatif, Guillermo a mené une vie aussi atypique que rocambolesque. Il est ce qu'on appelle en Suisse un *Secondo*, la deuxième génération d'immigrés de provenance italienne ou espagnole. Son père, déserteur de l'armée franquiste, et sa mère, immigrée économique, se sont rencontrés à Lausanne où il naît en 1974. De six à douze ans, le jeune garçon grandit dans une barre d'immeubles à Collombey, sur la rive gauche du Rhône : « Tout le monde était pauvre et étranger. On était des centaines de gamins, se souvient-il. En tant qu'enfant, je ne me suis jamais senti aussi libre que là-bas. » Après quelques années à la fac en philo et langues orientales, le jeune homme se réoriente vers l'École polytechnique fédérale de Lausanne (EPFL) où il entame des études d'ingénieur en microtechnique. Mais « on est en pleine crise des années 1990, mon père est sans travail », raconte-t-il. La situation familiale se dégrade à une vitesse fulgurante, « ma honte a grandi de coûter de l'argent à mes parents. Alors j'ai décidé de travailler comme agent de sécurité la nuit et d'étudier le jour. Comme il fallait s'y attendre… j'ai raté ma première année. » La honte ne cessant de croître, il se résout à arrêter ses études. Il a 23 ans.

C'est ainsi que l'étudiant troque les livres et l'insouciance pour « un uniforme bleu ridicule ». Celui de vigile chez Securitas. Une nuit qu'il fait sa ronde chez une riche héritière, le copain de la propriétaire, « un ancien toxico en pleine ivresse paranoïaque », déboule près de la piscine et pointe sur lui un fusil à pompe. Guillermo se rappelle à point nommé des techniques de désescalade et sauve la situation. Le lendemain, il recevra un cigare pour mot d'excuse. L'agent monte vite en grade, avant d'être embauché chez Orange en 1999. En 2000, un miracle se produit : au carnaval de Monthey, les continents s'emmêlent et Guillermo le Touareg s'éprend de Claire, la princesse chinoise. Ils auront trois enfants. Parallèlement, chez Orange, poursuit-il, « ma carrière prend un ascenseur exponentiel, et mon salaire aussi ». De quoi gagner en assurance : en 2004, il quitte l'opérateur pour développer son activité de conseil en indépendant.

C'est le 9 août 2021 que tout bascule. Guillermo vient de réserver le restaurant pour les 13 ans de Marina. À midi, il reçoit une alerte sur le dernier rapport du Giec. « Ces rapports, je ne les avais jamais lus. Il y a un moment où tu te dédouanes et où tu te dis : ils savent, ils gèrent, l'État, les autorités… » Ce jour-là, il plonge dedans. Et en ressort traumatisé. Toutes ces COP[4] n'avaient donc servi à rien… « Ce qui m'a cassé en deux, ce sont les scénarios de projection », dit-il, les fameuses courbes de couleur. « J'avais cette sensation à peu près certaine qu'à plus de 2 °C, on entrait dans un monde laid et que cette hausse des températures était inexorable. J'ai compris que, même si on faisait d'énormes efforts, pour ma fille, chaque année serait pire que la précédente. Ça m'a brisé l'âme. » « J'avais une connaissance intellectuelle de tout ça, analyse-t-il *a posteriori*, mais sans cette liaison émotionnelle que mes enfants allaient en baver si on ne faisait rien. La veille du 9 août, je savais qu'on allait peut-être vers + 3 °C, mais c'était une information froide, distanciée. Le 9 août, j'ai été saisi d'effroi et j'ai pleuré comme une madeleine. »

Poussée d'éco-anxiété ? Pas vraiment, corrige Guillermo. « J'ai un problème avec ce terme : l'angoisse est liée à l'impuissance. Ça donne l'impression d'une maladie qu'on va soigner chez le psy. Je préfère parler de peur. Si un camion s'apprête à me rouler dessus, je ne vais pas voir le psy. Je fais un pas de côté pour ne pas me faire écraser. » C'est ce qui se passe l'après-midi du 9 août : après la peur paralysante, le pas de côté et le saut dans l'action. « J'ai eu un réflexe de papa : qu'est-ce que je pouvais bien faire qui puisse contribuer à repousser cet avenir-là ? Ma seule obsession était de trouver quelle action aurait une chance de succès. » Moins d'une heure plus tard, il a pris sa décision : il va faire une grève de la faim.

Dès le lendemain, le chef de projet réapparaît. Il commence à se documenter sur ce type d'action : risques, efficacité… Il redécouvre, sidéré, le courage des suffragettes qui, gavées de force sur ordre du gouvernement britannique au début du XXe siècle, résistèrent à en avoir les dents ou les mâchoires cassées. Ce qui finit de la convaincre, c'est de découvrir le destin d'Ebru Timtik, une avocate turque des droits de l'homme, morte en captivité un an plus tôt après 238 jours de grève de la faim. Sa mort a permis la libération d'un de ses confrères. « Ça a vraiment été le moment où la serrure s'est refermée : je me suis dit que, même si je mourais, potentiellement, ça aurait une efficacité postérieure. »

L'informaticien quitte son travail et, pendant des semaines, se prépare en engloutissant toutes les informations disponibles sur le changement climatique. C'est là qu'il se rend compte du « mensonge » des autorités : alors que dans les rapports techniques les experts expliquent que des barrages pourraient s'effondrer en raison du dégel du permafrost et que, d'ici soixante ans, certaines régions de Suisse compteront 45 jours de canicule par été, le gouvernement communique auprès du grand public dans de petits fascicules colorés avec ce type de message chloroformé : « Nonna Lucia[5] a de la peine à dormir car il fait chaud. » Guillermo lève les yeux au ciel, dépité : « On croit rêver ! » Sa détermination se renforce d'autant. À la maison, on décide de se bouger pour réduire l'empreinte carbone de la famille. « On reste des cochons, mais on l'a divisée par deux. » Comment ? « En achetant local, en réduisant la viande, en liquidant une de nos deux voitures et en oubliant les vacances de luxe. »

Vient alors le moment de faire connaître son projet. L'ingénieur en parle à son entourage, qui frémit d'angoisse, écrit à trois évêques, qui lui envoient leurs prières, et fait la tournée des groupes militants qui, de Greenpeace à Extinction Rebellion, n'osent le soutenir publiquement, effrayés qu'ils sont par la mort éventuelle du père de famille. Quand elle voit apparaître Guillermo sur Twitter, Anaïs, 30 ans, n'y croit pas. Chercheuse en écologie, la Française a quitté l'université suisse où elle exerçait un an plus tôt pour organiser la résistance civile à plein temps. « Il cochait toutes les cases du bon Suisse, ce qui est rare dans le mouvement climat, songe-t-elle alors. Il incarnait un peu un miracle en termes de com'. C'était un rêve éveillé. » Un cauchemar aussi, car comment, le cas échéant, accepter la mort d'un homme, même pour un juste combat ?... Elle le contacte et, de fil en aiguille, accepte de l'aider sur la communication et la logistique. Au début, « il pensait réclamer "Zéro carbone en 2025" mais en discutant ensemble, on est parvenus à cette conclusion : la première étape, c'est de dire la vérité. Que la ministre invite le parlement pour lui exposer la situation. Il est arrivé à la même conclusion, je crois qu'il était plutôt soulagé car ça, c'était gagnable. »

1er novembre 2021 : à Glasgow s'ouvre la COP26. À Berne, un homme tout habillé de rouge pose sa chaise en métal sur la place Fédérale, bonnet gris vissé sur la tête. Une pancarte accrochée à son cou annonce la couleur : « Grève de la faim pour le climat de nos enfants ». Pendant que Claire stresse et tient la baraque, Guillermo jeûne durant 39 jours. La première journée est éprouvante : pour le *Secondo*, bavard mais plutôt timide, s'exposer ainsi aux yeux de tous « avec cette pancarte ridicule » confine au sacrifice. « Le plus dur, c'est de poser sa chaise.

Ensuite, ça s'enchaîne assez naturellement. » Et c'est la joie. Ultime, totale. Malgré le froid – entre - 2 °C et + 3 °C –, le vent, la pluie, le néomilitant se sent « comme sur un nuage ». « Il n'y a pas eu un jour de tristesse, je n'ai passé que des journées phénoménales. » L'action comme exutoire, les rencontres comme carburant. « Jamais dépité, il était comme sous endorphines. C'était très impressionnant », confirme Anaïs. Sur *sa* place, Guillermo plaisante, échange, s'émerveille. Petit à petit, le buzz prend : les citoyens défilent, organisent des veillées aux chandelles autour de la chaise du papa en grève, les médias affluent, rassurés par la bonhomie de cet improbable père Noël. Guillermo aime à comparer l'expérience à son pèlerinage à Compostelle quand il avait 20 ans : « Chaque journée compte. Toutes tes prisons sociales n'existent plus. Hier n'existe pas, demain n'existe pas. Je sais, ça fait très Bisounours, mais c'était pareil : il y avait une ambiance folle sur cette place, avec tous ces gens qui venaient vers moi dans l'amour et la bienveillance. C'était magique. »

Alors qu'il s'attend à se faire cracher dessus, le gréviste est surpris par le bon accueil des passants. Même les policiers finissent par l'adopter, le protégeant lorsqu'un fou tente de le forcer à manger des frites ! Parents en pleurs, chercheurs terrifiés, grands-parents alarmés, élus solidaires ou enfants reconnaissants : des dizaines de personnes viennent à sa rencontre chaque jour. Beaucoup fondent en larmes. Le côté absolu de son engagement fait ouvrir les yeux à plus d'un. Des *coming out* que Guillermo admire particulièrement : « Le premier acte de courage, c'est d'oser avoir peur. » Au bout de quatre semaines, une trentaine de scientifiques du Giec et de l'Ipbes « tombent du ciel » : ils publient une lettre de soutien, jugeant les efforts suisses « insuffisants » en matière climatique. « Tout ça m'a réellement réconcilié avec la nature humaine, me confie Guillermo six mois plus tard, son vieux smartphone à la vitre fissurée posé sur la table du salon. La plupart des gens sont des gens bien. Alors oui, j'ai vu des climatosceptiques, des gens carrément conspirationnistes, assurés que ce sont les *lézards verts* qui gouvernent le monde, rigole-t-il, mais tous venaient vers moi avec empathie. Sur les 1 200 personnes que j'ai croisées, je n'ai compté que 13 interactions négatives, ce qui correspond au 1 % de psychopathes qui sont dans la population humaine. Malheureusement, on est dans un système qui sélectionne des psychopathes dangereux pour être en situation de pouvoir… »

De toute façon, me dira-t-il un autre soir à Paris devant un verre de soupe angevine, « il y a quoi, 30 %, de la population qu'on ne réussira jamais à convaincre. Ils sont pris dans des conflits d'intérêts tels qu'il n'y a pas grand-chose à négocier. » Ce qui l'agace, « c'est que des Elon Musk et des Bill Gates aient autant de pouvoir ». Il ne nourrit pas d'animosité personnelle à leur encontre, mais trouve « effrayant qu'un pauvre con puisse matérialiser sa connerie dans des dimensions planétaires. C'est le signe de la déchéance de nos démocraties qui n'ont pas voulu admettre que le pouvoir du capital était dictatorial. Le seul contrepoids à ça, c'est la politique. La volonté qu'ont les parents de sauver leurs enfants doit avoir plus de pouvoir performatif que la fortune d'un Elon Musk. Ce n'est qu'un trait de plume de saisir leurs avoirs, c'est un pouvoir qu'on accepte de leur laisser démocratiquement. Pour les faire plier, soit on change la loi, soit on leur fait peur ». À l'image des mystérieux « fils de Kali » qui, dans l'uchronie publiée en 2020 par Kim Stanley Robinson, *The Ministry for Future*, n'hésitent pas à éliminer les milliardaires pour sauver l'humanité.

Et puis, complète l'informaticien avec espièglerie, « les miracles, c'est facile. Il suffit de faire le premier pas. » L'essentiel, c'est de parvenir par un acte militant à creuser une brèche, dans laquelle pourront s'engouffrer les autres. À l'image de son modèle, le héros suisse Winkelried. La légende dit qu'il sauva l'armée suisse de la débandade en s'avançant seul contre les lances de l'ennemi, sacrifiant sa vie pour offrir une percée victorieuse à ses compagnons d'arme. Pour Guillermo, il faut raconter Winkelried aux enfants. Plutôt que de glorifier Guillaume Tell, « ce père psychopathe qui joue à la roulette russe avec son fils », comme « certains le font aujourd'hui pour sauver leur niveau de vie ». « Il faut expliquer aux enfants que les héros existent, que ce ne sont pas ceux qui ont la médaille à la fin, mais ceux qui ont tout donné pour ouvrir la voie et donner du courage à leurs concitoyens, parents, enfants… » Mais comment être un héros, Guillermo ? « Après cinquante ans de consumérisme, tout le monde se sent désarmé, reconnaît-il. C'est normal : on nous a convaincus qu'on était des gamins impuissants, alors qu'on est des citoyens. Mon message, c'est : "Si on s'y colle, on peut faire bouger les choses." On a réellement ce pouvoir. Mais ça demande de sortir de son confort. »

9 décembre 2021 : devant les caméras, Guillermo brise son jeûne avec une banane. Sur Twitter, il a déjà crié victoire : « J'ai été un premier domino, mais la vague qui a tout emporté, c'est vous tous ! » Les élus de la nation sont prévenus : une fois formés, ils devront assumer leurs responsabilités. « Désormais, nous saurons qu'ils savent. Qui sait et n'agit pas pour sauver nos enfants n'est pas légitime pour décider de notre futur et surtout pas celui de nos enfants. » Six mois plus tard, il est toujours aussi fier d'avoir osé résister : « C'est dans ma nature d'être non violemment antagoniste. Expérience faite, c'est la seule chose qui secoue un peu les gens. » Son geste en a d'ailleurs inspiré beaucoup d'autres, comme Angus Rose, « l'oncle en grève de la faim » qui a obtenu un engagement similaire des députés britanniques après 37 jours de jeûne

devant le palais de Westminster. Dans ses rêves les plus fous, Guillermo bloque un aéroport. « Faire la révolution 24 heures sur 24, sept jours sur sept, ça me plairait ! “Combattant pour le futur”, ça sonne bien, non ? » Mais, ajoute-t-il en souriant, « je vais éviter les démarches sacrificielles pour quelque temps. Ma famille a quand même payé cher : l’émotion, la peur, l’exposition… »

Lundi 13 juin 2022, 19 heures dans l’atrium du théâtre de Vidy à Lausanne. Guillermo et Julia Steinberger, économiste de l’écologie et co-autrice du 6e rapport du Giec[6], se tombent dans les bras. Là, c’est un vieux monsieur aux cheveux blancs qui salue le Gruérien avec une grande courtoisie : « Comment va votre famille ? » J’apprendrai plus tard qu’il s’agit du prix Nobel de chimie Jacques Dubochet. Puis une voix dynamique fuse derrière lui : « Vous êtes Guillermo Fernandez ?! interroge, incrédule, une jeune femme, vélo à la main. Merci, merci, pour tout ce que vous avez fait ! » « On est devenus une petite famille », s’excuserait presque Guillermo, ravi de ces chaleureuses retrouvailles. Nous sommes venus ce soir-là à Lausanne pour écouter son amie Julia échanger avec Joey Ayoub, un chercheur libanais spécialiste du… Solar Punk. Pour moi, c’est une découverte. Pour Guillermo, c’est tout bonnement l’avenir. À l’origine, explique Joey Ayoub, le Solar Punk est un mouvement artistique né aux États-Unis dans les années 1970 « qui envisage des futurs plausibles, une utopie pragmatique ». Une vision optimiste de l'avenir même bousculé par la crise écologique. « On croit souvent que les choses ne peuvent pas changer, cette science-fiction-là peut justement nous aider à imaginer l'avenir. »

De son écriture fine et élégante, Guillermo prend des notes sur son journal de bord. S'il est si attentif, c'est qu'après son action à Berne, il s'est mis en tête avec quelques amis de fonder la « Solar Punk Academy ». Un projet porteur d'espoir. « C'est la seule manière pour moi de m'en sortir », m'explique-t-il ce soir-là. « Ce lieu sera un refuge pour les jeunes. L'idée n'est pas de vivre comme des Amish ou des survivalistes mais d'être en relation avec le monde extérieur. Ils pourront apprendre les savoir-faire utiles dans un monde plus dur. Il y a tant de techniques à inventer ou à ressusciter. » Ce qu'il veut, c'est construire « le paradis en enfer ». Depuis que, début 2022, il a lu le livre éponyme de Rebecca Solnit[7], l'un des meilleurs de l'année 2009 selon le *New York Times*, il est persuadé que « le meilleur de nous émerge dans la catastrophe ». « C'est la source majeure de mon écoptimisme », dit-il. Dans une enquête édifiante, l'écrivaine californienne passe au crible plusieurs catastrophes majeures qu'ont traversées les États-Unis, comme le séisme de San Francisco en 1906 ou l'ouragan Katrina en 2005. Elle montre que, contrairement aux idées reçues, au cœur du désastre, l'entraide et la coopération l'emportent sur la violence et la compétition.

« Ce principe que l'homme est un loup pour l'homme est une arnaque », en conclut Guillermo. Pour lui, la vraie bataille est là : « Stabiliser la catastrophe pour imaginer des jours meilleurs et créer un monde où nos enfants peuvent s'engager plutôt que travailler dans une banque afin d'assurer le prochain puits de pétrole. » Il prédit la fin du salariat, des *call centers* et autres *bullshit jobs* : « Au lieu de garder les gens occupés à détruire la planète, on va enfin les occuper à des activités enrichissantes. Rien qu'en termes de santé mentale, ça représentera un pur bénéfice ! » Ce soir, la salle est pleine, beaucoup sont venus assister à la conférence. Guillermo est rassuré de voir qu'il y a « une réserve d'êtres humains prêts à construire le paradis. La lutte leur permet de se reconnaître, c'est ça qui est bien. Avec des gens comme ça, quoi qu'il arrive, on fait le paradis. »

Anne de Béthencourt, facilitatrice de transition

L'ÉMERGICIENNE

« Si l'on traite un individu comme il est (ou tel qu'on le croit), il restera ce qu'il est. Si l'on traite cette personne comme si elle était déjà ce qu'elle pourrait être, alors elle a des chances de le devenir. »

GANDHI

« Vous connaissez Simone ? C'est la star du quartier. Elle est joyeuse et pleine d'entrain. Quand elle sort dans la rue, elle dit bonjour à tout le monde. On dit parfois que les chiens ressemblent à leur maître, je ne sais pas si c'est toujours vrai, mais là, c'est exactement ça ! » Trente centimètres au garrot, quatre kilos toute mouillée, un museau effilé, une robe fauve et des pattes si fines qu'on les croirait en verre, Simone est un petit lévrier italien, le poids mouche de l'espèce. D'un prodigieux saut de puce, la jolie délurée atterrit sur vos genoux en moins de temps qu'il ne faut pour le dire, profitant de votre stupeur pour vous voler un baiser. Sa maîtresse s'appelle Anne de Béthencourt. Même énergie et même amour des gens, Anne est une écoptimiste pur jus. En 2017, elle a fondé sa société de conseil, Reset The World. Sa mission : « faciliter la transformation écologique des entreprises et organisations ».

Si à Paris la jeune Simone est devenue la vedette du quartier Cambronne, situé à quelques coups de pattes de la gare Montparnasse, c'est dans la filière bois qu'Anne s'est fait connaître. Depuis cinq ans, elle accompagne le pôle « Palettes » de la Fédération nationale du bois (FNB). C'est Patrice Chanrion qui, en 2017, l'introduit dans la galaxie française de la palette : 50 millions produites chaque année, plus de 100 millions reconditionnées. « Le problème, décrypte l'ancien responsable de la FNB, c'est qu'on commençait à sentir les attaques des produits concurrents, notamment le plastique, où on voyait beaucoup de *greenwashing*. Je me suis dit : il faut réagir et remettre la palette au cœur de l'économie circulaire. » Il contacte Anne, qui émarge alors au Conseil économique, social et environnemental (CESE[1]). Séduite par le produit – les palettes bois sont renouvelables, réutilisables et réparables –, la consultante accepte d'accompagner la filière à travers des ateliers en intelligence collective. En 2021, elle co-organise « Futuropalettes », un colloque qui « fait date dans le monde de la palette. Ce qui a séduit la profession, analyse Patrice, c'est de voir apparaître cette femme qui osait bousculer leurs codes. » Charisme, bonne humeur, Anne sait fédérer : « Vous avez des avantages, il faut les mettre en avant », encourage-t-elle. La parole se libère – « Anne pourrait faire parler une pierre ». Surtout, « une fois qu'elle les a écoutés, elle a le don de sortir un consensus et une vision partagée. C'est une locomotive. » À l'image de M. Jourdain faisant de la prose sans le savoir, la profession se surprend à découvrir qu'elle est déjà un modèle d'économie circulaire : vingt-cinq ans qu'elle répare ses palettes…

Anne, experte en transition écologique ? Nostradamus n'aurait pas misé dix francs sur un tel oracle. « Jeune, j'avais zéro conscience écologique », rigole l'intéressée, 58 ans, attablée dans son duplex parisien. Elle « adore » ce repaire, baigné de lumière et du chant des oiseaux, locataires perpétuels des charmilles de la courette adjacente. À nos pieds, Simone-ma-puce trépigne d'excitation au récit de sa maîtresse : bonne élève, Anne opte pour une école de commerce à Paris, un cursus qui la mène à Londres, Francfort et Los Angeles, une aubaine pour cette accro des voyages. 1986, sortie d'école. Elle a 23 ans. Sans passion ni but précis, elle se laisse porter par les rencontres. Elle vise L'Oréal ; elle entrera chez FreeTime[2].

FreeTime ? J'avais onze ans quand Anne a été embauchée, l'âge ingrat des burgers, pourtant pas le moindre souvenir de cette chaîne… « Mais si, me rafraîchit-elle la mémoire, le regard pétillant derrière ses larges lunettes en écaille, FreeTime, c'était le "burger à la française", un truc ultra tendance à l'époque. Ils tentaient par tous les moyens de se démarquer », comme avec cette vidéo tordante signée Étienne Chatiliez : inénarrable asperge aux oreilles décollées, le comédien Christophe Salengro s'empiffrait d'un burger qui dégoulinait sur ses chaussures, avant de déclamer « *My teinturier is rich* », un slogan célèbre à l'époque. « Je m'y suis plu car on avait un patron génialissime qui avait une idée par heure. Ça a été une expérience très positive : tout était toujours possible, alors qu'on était ridiculement petits comparé à nos concurrents. » De quoi booster la créativité.

Pendant une dizaine d'années, Anne continue à travailler dans le marketing. Mais à l'approche de la quarantaine, elle est rattrapée par la redoutable « CMV », la crise du milieu de vie. « La pub ne me branchait plus des masses ; je n'avais pas eu d'enfant et me posais des questions sur le sens de la vie ; je sentais que j'allais vers un abîme », résume la quinqua, tout en balayant la longue mèche châtain qui s'obstine à retomber sur son front. En 2003, deux événements provoquent le déclic : « Ça a commencé par *Ushuaïa*, se remémore-t-elle. Je regardais, et je trouvais ça beau. » Puis un jour, elle lit dans *Télérama* comment Nicolas Hulot, producteur et animateur d'*Ushuaïa*, a vu la nature se dégrader depuis les débuts de l'émission. « Pour la première fois, je me rends compte qu'il y a un problème. J'ai commencé à creuser et je me suis mise à en parler à tout le monde autour de moi. »

Simone et Anne de Béthencourt

Le second déclencheur est un grand livre fuchsia : *Il y aura l'âge des choses légères.* L'ouvrage collectif est dirigé par le designer Thierry Kazazian. « Dès que j'ai découvert ce bouquin, j'en suis tombée raide dingue », s'enthousiasme Anne, tout en trifouillant dans sa bibliothèque pour retrouver le précieux exemplaire. « 39 euros, c'était un livre très cher pour l'époque, je m'en souviens. » Entre design et prospective, l'ouvrage se veut « une réflexion sur tous ces objets qui envahissent notre vie quotidienne et pèsent sur notre environnement, mais qui pourraient devenir légers et durables s'ils devenaient de véritables services » : l'effacement de la consommation au profit de l'usage. Anne le dévore et le visse à son chevet. « Ce type était visionnaire : il faisait la publicité des nouveaux modes de vie, parlait des circuits courts, de covoiturage, de recharger son portable en faisant du sport... » Le chapitre consacré à la mobilité la marque profondément : elle y apprend que les voitures sont inutilisées 95 % du temps. La simplicité et le bon sens de la solution percutent la publicitaire. « En substance, il disait : "De la même manière que vous empruntez un ascenseur, prenez la voiture de vos voisins ! Quant au siège pour bébé, louez-le..." » Pour Anne, c'est une révélation : un autre monde est possible. Un vaste et fabuleux chantier. « Je venais de comprendre qu'il y avait un problème et je tombais tout de suite sur les solutions ! Il fallait absolument que je travaille là-dessus. » Large sourire. Simone-ma-poupée acquiesce d'un aboiement. « C'est à cette époque que, profondément, elle a décidé d'être utile au monde, raconte Isabelle, sa sœur cadette. Ce parcours-là est devenu le combat de sa vie. »

Dès lors, le cerveau d'Anne devient un manège endiablé dans lequel tournoie cette question vitale : comment contribuer à créer de nouveaux modes de vie ? La réponse fuse, quasi instantanément : « Travailler avec Hulot ! À l'époque, c'était un peu comme de dire : je vais travailler avec le président de la République », retrace l'ancienne fast-foodeuse. Qu'importe, Anne est têtue à ses heures. Par l'entremise de sa sœur aînée, Dominique Versini, alors secrétaire d'État chargée de la lutte contre la précarité et l'exclusion, elle parvient à rencontrer le futur ministre français de l'Écologie. Ça matche. Au point qu'ils deviendront amis. Résultat : elle commence à travailler comme bénévole à la Fondation Nicolas Hulot (FNH), avant d'en devenir salariée. L'aventure durera douze ans[3].

Pour convaincre ses co-humains de changer, il faut être crédible. Et prouver qu'on est soi-même capable de changer. Par défi, Anne décide d'arrêter de fumer. Et y parvient. En 2010, elle devient végétarienne. Sans peine côté poisson – lire que la Norvège recommande aux femmes enceintes de ne pas consommer de saumon, le trésor national, l'a « dégoûtée à vie » –, moins aisément côté viande – elle est « une grosse carnivore ». Elle vend sa voiture – « une auto à Paris, on croit rêver ! » – et passe au train dès qu'elle peut. Crédible mais pas ascétique pour autant : depuis le Covid, elle s'autorise quelques plaisirs coupables : un trajet en avion par ci, un repas carné par là… « J'assume car parfois, j'ai besoin de légèreté. » Cette même légèreté avec laquelle elle démarre chaque matin en allant siroter son café au bistrot d'à côté. « J'y feuillette *Le Parisien* et je déconne avec les habitués. Ce qui me met le plus en joie, ce sont ces moments légers : les dîners, les sorties entre filles, Simone… »

En arrivant à la FNH, Anne doit se faire sa place, elle, la marketeuse qu'on n'aurait jamais imaginé recruter à la Fondation. Spécialiste de rien, Anne lit. Beaucoup. Et comprend vite la problématique, avec un intérêt particulier pour tout ce qui tourne autour de l'économie circulaire. Encore une fois, l'usage plutôt que la consommation effrénée. *Resquiat in pace*, Thierry Kazazian. En 2006, du temps de son bénévolat à la Fondation, elle fait une mission chez Bouygues Telecom dans le cadre d'un master sur les achats responsables. Lors d'une réunion, elle lance une idée : « Et si on cessait d'envoyer les téléphones à la casse et que l'on proposait des portables d'occasion ? » « Ses supérieurs ont rigolé, rétorquant que ça allait ruiner leur business, raconte sa sœur cadette. En fait, elle était trop en avance : ils auraient mieux fait de l'écouter. Ils auraient été les premiers à proposer des téléphones reconditionnés en France… »

Isabelle revoit encore les premières années de sa sœur à la Fondation : « Quand on est immergé totalement dans un milieu associatif en lien avec l'écologie, on est probablement plus au courant que l'individu lambda qu'on se dirige vers l'inéluctable tragédie. On en devient parfois intolérant, car on a une longueur d'avance. Mais elle était persuadée que ce n'est pas en prêchant les catastrophes et le côté sombre qu'on avancerait ; elle préférait parler des solutions. » Après avoir travaillé sur le Pacte écologique, qui appelait les candidats à la présidentielle de 2007 à intégrer la crise climatique dans le débat politique, la militante collabore à plusieurs campagnes de communication : « Notre mission, résume-t-elle, c'était de déterminer comment on parle au citoyen. » Elle est alors en lien permanent avec les scientifiques et experts de la Fondation : le philosophe Dominique Bourg, l'ingénieur Jean-Marc Jancovici ou encore l'agronome Marc Dufumier. Dès le départ, Anne pose ses limites : « Je leur ai dit : je ne suis pas une scientifique, je crois tout ce que vous me dites, mais ça ne m'intéresse pas de comprendre pourquoi. Ce qui m'importe, c'est : qu'est-ce qu'on fait, et comment ? » Sauf qu'ils n'y parviennent pas. Elle tente autre chose : « Imaginez : on est dans vingt ans et on a réussi. Comment vit-on, comment a-t-on réinventé la mobilité ? » Pas de réponse. Accablement : « Si vous ne dites pas aux gens comment on peut réussir, on n'y arrivera pas… Moi, j'ai besoin de me projeter, de me motiver. »

Dès cette époque, Anne développe le prototype d'une de ses armes d'écoptimisme massif : savoir, mais pas trop. « Si je m'en tiens au constat, je déprime, et quand je suis déprimée, je ne peux plus rien faire, je perds toute créativité. » Et ça, pas question. « La seule énergie qui compte, c'est l'action. » Se tourner vers l'avenir et échafauder des solutions. Résultat : Anne a cessé de *tout* lire. Elle balaie les titres et parcourt en diagonale les articles importants. « C'est ma protection. Dès que je sens que ça fait monter une angoisse, j'arrête. Cela veut dire que j'ai atteint ma jauge limite. » Chercheuse en géopolitique, son amie Virginie Raisson-Victor[4] a été témoin de cette « stratégie de contournement » : Anne a développé « une forme d'immunité aux mauvaises nouvelles ». En écartant les articles anxiogènes, observe la prospectiviste, elle parvient « à ne pas se mettre face à son impuissance » et à rester pragmatique. Devenues amies il y a cinq ans, les deux femmes sont si complémentaires qu'elles en sont venues à animer des conférences à deux voix. « Alors que je m'intéresse à la systémique et aux sources du problème, Anne parle solutions. J'expose le diagnostic et elle arrive ensuite avec sa boîte à outils : "Pas de panique, on va vous soigner." »

Une fois pourtant, le blindage s'est fissuré. « C'était juste après Copenhague, raconte Anne. J'ai failli entrer en dépression. » Décembre 2009 : les chefs d'État et de gouvernement du monde entier se réunissent au Danemark pour participer à la COP 15. La réaction au changement climatique se fait de plus en plus urgente. « Si nous ne faisons rien, le réchauffement de la planète pourrait atteindre 4 °C d'ici à 2100 », alerte la FNH, avec dix autres organisations. Pour faire monter la sauce, elles lancent un compte à rebours intitulé « l'ultimatum climatique ». Mais les dirigeants sont sourds. La croissance, aveuglante et totale, plutôt qu'une planète habitable. Le sommet sur le climat est un échec retentissant. Et chacun rentre chez soi. Avec ce sentiment pesant d'être trop minuscule pour faire avancer les choses. De retour à Paris, Anne s'effondre. « Quand on a brandi le concept d'ultimatum climatique, on fait quoi derrière pour rebondir ?... » La remontée est difficile. Impossible en fait. 10 janvier 2010 : « C'était un dimanche, je m'en souviens, celui de la galette des Rois. Je ne savais plus par quel bout prendre tout ça. Je me disais : on n'en a pas fait assez. C'était le brouillard dans ma tête. Je voulais tout arrêter. »

Puis est venue l'heure du rebond. « Moi qui voulais tout contrôler tout le temps, je me suis juste... occupée de moi. Pour être utile, il fallait bien que je sois en forme et que j'arrête de me voir comme Jeanne d'Arc montant vers le bûcher. » Elle quitte son canapé, fait un régime drastique. En une semaine, elle retrouve son énergie. « À partir de là, je me suis dit : je fais ce que je peux. C'est trop lourd. Je ne peux pas changer le monde à moi toute seule avec mes petits bras musclés, mais je peux y contribuer. » Faire sa part, sans prétendre à plus. Depuis, elle n'a jamais ressenti de telle baisse de moral et continue à ponctuer son discours de formules explosives : « Carrément ! », « Génial ! », « J'adore ! »... Remarquable de gentillesse et de partage, Anne ne s'emporte-t-elle jamais ? « J'aurais moins de 30 ans, j'éprouverais probablement la même colère que mon neveu face à la crise écologique. Mais je suis passée au-delà : question de survie. » Sus à l'action directe, alors ? « Non, pas du tout, on a besoin de tout le monde ! Râler, c'est bien, mais ça ne suffit pas. Chacun son rôle. Des organisations comme Greenpeace ou L 214 font des actions retentissantes et cela ouvre la possibilité d'un dialogue : personne ne veut négocier avec eux mais ils sont nécessaires à la prise de conscience. Parallèlement, il est important de créer des espaces de dialogue. »

Six ans après Copenhague, la COP 21 réveille les enthousiasmes. Même si l'accord de Paris visant à maintenir le réchauffement climatique sous les 2 °C n'est pas contraignant, un vent positif souffle sur la capitale en cette fin d'année 2015. « On sentait que les gens avaient envie de faire des choses. L'enjeu n'était plus la prise de conscience, ni les questions d'argent, mais plutôt : "Par quel bout je prends ça ? Comment on mobilise les entreprises ?" » C'est là que commence à germer chez Anne l'idée d'accompagner les organisations en soif de changement. Depuis Kazazian, elle a bien intégré que l'entreprise était l'un des principaux maillons de la chaîne du changement. Elle s'intéresse de plus en plus à l'intelligence collective et à la psychologie positive. En 2017, elle passe le pas et crée son propre cabinet de conseil : Reset The World. « On garde le meilleur du logiciel, et on *reset* tout le reste ! » À ceux qui lui reprochent d'être une utopiste, elle répond : « Peut-être, mais une utopiste réaliste. Avant, je n'avais pas de preuve, mais ça, c'était avant le Covid. Maintenant, je sais qu'un changement radical est possible. On a réussi collectivement à changer ce que l'on pensait infaisable. Regardez le télétravail : si on avait lancé une grande consultation en février 2020 auprès des chefs d'entreprise, tout le monde aurait dit que c'était impossible. Sauf qu'en une semaine la France y est passée, et le monde aussi. C'est au pied du mur qu'on voit le maçon. L'humain a une capacité d'adaptation qui est dingue. »

En 2019, Anne découvre la démarche appréciative (ou *Appreciative Inquiry*). Elle y voit immédiatement un moteur du changement. Au point qu'en 2022, elle crée avec six confrères le collectif des Émergiciens, afin d'aider des organisations « à faire émerger leurs forces et compétences » et à les valoriser. La démarche appréciative est née il y a trente ans aux États-Unis du constat qu'on est plus efficace quand on se concentre sur ses réussites, plutôt que sur ses échecs. Cette démarche amène le collectif « à puiser le meilleur du passé pour se projeter dans le futur, dans l'action et le comment ». « On fait grandir ce que l'on regarde, répète fréquemment Anne. Si on regarde le problème, on le fait grandir. À nous de choisir si on fait grandir la peur ou si on met l'emphase sur les possibles, les solutions. » En 2020, en trinôme avec ses amies Sophie Poiri et Virginie Allezard, elle rédige un chapitre du *Grand Livre de l'Appreciative Inquiry*, avec cette question : « Faut-il faire peur pour impulser et ancrer un changement ? » Les trois femmes considèrent que « ces informations inquiétantes mettent notre cerveau en mode "danger", engendrant un état de sidération, d'inertie, de colère ou d'attaque ». Heureusement, observent-elles, « un nombre croissant d'individus, de nouveaux mouvements, auteurs ou modes d'organisation battent en brèche la vision biaisée du seul hyperindividualisme et de la loi du plus fort. [...] Notre époque redécouvre avec émerveillement que, dans cette fameuse jungle, il flotte aussi un entêtant parfum d'entraide... »

L'ambition d'Anne est d'étendre la démarche appréciative à la transition écologique française. Un peu sur le modèle de ce qu'entreprend Cleveland depuis 2009 : en associant les citoyens, les entreprises et les associations, le maire de cette ville de l'Ohio a initié une réflexion collective pour rêver et co-construire une « ville verte sur un lac bleu ». Cleveland est aujourd'hui en train de se dépolluer et de (re)voir le jour. L'émergicienne est convaincue que c'est en partageant de telles histoires réussies qu'on pourra faire bouger les choses. Et quand, au printemps 2022, elle se rend à Grenoble pour sensibiliser des écoles d'ingénieurs à la démarche appréciative, elle fait vite vaciller le scepticisme des participants : l'un « trouve la démarche géniale », un autre « retrouve enfin un peu de lumière », tandis qu'un troisième, « pessimiste au début », se prend à rêver que jaillissent « des trucs chouettes ». Dans un coin de la salle, Anne sourit. Car elle le sait, elle, que « le monde change et [que] le monde changera ».

Gilles Clément,
paysagiste

Le résisterre

> *« La nature évolue, c'est-à-dire ajoute et complexifie. »*
>
> Henri Laborit

« Je suis ingénieur horticole : durant mes études, à la fin des années 1960, j'ai appris comment *exploiter*, comment garder telle plante ou tel animal. Et… comment tuer tous les autres. C'est ce qu'on nous enseigne : au nom du marché, on tue. Alors, j'ai tué : les taupes, les pucerons… Et j'ai failli me tuer avec, un jour où, dans la maison de mes parents, je pulvérisais une poudre antipucerons sur les rosiers grimpants. Ça a été un déclencheur. Depuis, je laisse les pucerons tranquilles. » Ainsi, quand en 1977 Gilles Clément achète un terrain dans le nord du Limousin, la première question qu'il se pose est : comment faire pour ne pas tuer et risquer de faire tomber un écosystème tout entier ? Comment pourrait-il imaginer chasser les animaux de la « Vallée des Papillons », alors même qu'il a « la conscience intime de s'installer chez eux » ? D'ailleurs, quand à l'été 2022, de passage dans son « jardin-maison », je lui demande qui sont ses voisins les plus proches, le père du parc André Citroën s'attarde moins sur ses congénères humains que sur Léopold, le chevreuil « qui adore l'oseille », Goupillon, le renardeau passé maître en chapardage de framboises, Afflelou et Optic 2000, le loir et son cousin le lérot, Eduarda, la couleuvre qui « a déménagé depuis peu », ou encore ses amies chanteuses, les coassantes Ermentrude, Gwendoline et Cunégonde. « Les voir, les entendre, j'adore ça », dit-il avec simplicité, des crépitements d'enfant dans les yeux. De quoi comprendre qu'il ait choisi de construire si bas les allèges de sa maison : le jardin dégorge à l'intérieur, chaque pièce offrant un point de vue en cinémascope sur la vie environnante.

Si la famille Goupil constitue une source inépuisable d'émerveillement, ce n'est rien comparé à celle, innombrable, des insectes, « ces êtres vivants les plus importants au monde », raconte Gilles tout en écornant un paisible éclair au café. Avant d'être un jardinier-écrivain de renommée mondiale, c'est un amoureux transi de ces princes de la métamorphose. Des papillons surtout. Adolescent, il se met à en élever dans une boîte grillagée : « Je voyais le cocon se transformer en papillon : c'était stupéfiant, j'étais émerveillé. » Il achète des livres, énormément de livres, commence par les lépidoptères (les papillons donc), avant de passer aux coléoptères, aux diptères, aux hyménoptères… La passion et la connaissance grandissent au point qu'il en vient à participer à des missions entomologiques pour le Muséum national d'histoire naturelle. L'une au Cameroun lui vaudra de découvrir un papillon encore inconnu qui porte désormais son nom : le *Bunaeopsis clementi*, un magnifique spécimen jaune et rose, ocellé d'orange.

« Et puis, j'ai arrêté les missions. On ne peut pas continuer à vouloir étudier en tuant. » Si la chasse est finie, la fascination, elle, demeure. Absolue. « Elle n'en finit jamais : lorsqu'on croit avoir tout compris, on découvre que cet insecte permet la vie de certains oiseaux, quelquefois même de certains arbres, ou qu'il intervient dans la fécondation, comme le blastophage, seul à polliniser le figuier… » Depuis quarante-cinq ans dans sa Vallée, il a vu les populations d'insectes décliner, inexorablement. Il refuse pourtant de déprimer. Parce que « ça ne sert à rien et qu'il y a toujours des solutions ». Les insectes ont été « ma porte d'entrée » dans la nature. « J'ai eu beaucoup de chance. Parce qu'on est toujours dans la découverte et qu'on abandonne l'idée de maîtrise. »

Maîtriser la nature. Bel oxymore. Que de plus prométhéen que ce projet lancé après-guerre par l'agro-industrie ? C'est justement ce contre

Gilles Clément

quoi se bat Gilles. Son credo : faire le plus possible *avec*, le moins possible *contre*. Autrement dit : observer plus, jardiner moins, laisser le vivant nous surprendre et accepter de cosigner avec lui ses créations paysagères. « Quand on ne fait rien, on est utile à tous », aime-t-il à dire. Les jardins léchés, bien droits, ce n'est pas son truc. Loin d'être figés, les paysages qu'il a conçus ont des formes changeantes, en perpétuelle évolution. Les espèces, les graines, doivent pouvoir continuer à y circuler librement, au gré des saisons et de l'inventivité du vivant. Alors, bien sûr, tout jardinier qu'il est, il intervient : il oriente le jardin pour avoir des fleurs et des brocolis plutôt que des ronces et du chiendent. « Je ne suis pas un chevreuil ou un renard, plaisante-t-il, j'ai besoin de lumière, c'est ma faiblesse. » Le tout est de trouver « l'équilibre délicat entre l'ombre et la lumière », pour que toutes les espèces y trouvent leur compte.

De Paris à Tokyo, Gilles est connu comme le héraut du « tiers paysage », un terme qu'il a choisi pour désigner les friches et les terrains délaissés par l'homme. C'est du fameux libelle révolutionnaire de l'abbé Sieyès qu'il s'est inspiré pour théoriser cette notion : « Qu'est-ce que le tiers état ? Tout. Qu'a-t-il été jusqu'à présent dans l'ordre politique ? Rien. Que demande-t-il ? À être quelque chose. » Son idée part d'un constat simple : les espaces entretenus sont extrêmement pauvres en diversité, alors que les paysages abandonnés, eux, foisonnent de vie ; très vite, le sol est reconquis par des dizaines d'êtres vivants et devient un joyeux laboratoire où « les espèces s'adonnent à l'invention ». Si on les laisse faire jusqu'au bout, le lieu finira en forêt, le *climax* sous nos latitudes, autrement dit le niveau optimal d'équilibre écologique. Malheureusement, regrette le naturaliste dans *Le Jardin en mouvement*[1], son ouvrage publié en 1991 et sans cesse réédité depuis, « dans un pays comme la France, lorsqu'une commune possède des friches, le maire s'alarme, il a honte ». « De quoi avons-nous peur au juste ? s'interroge-t-il. Ce qui est net et clair rassure. Tout le reste est peuplé d'elfes maléfiques… […] Si nous considérons la biodiversité comme un trésor dont nous dépendons, il faut changer le statut des friches et les regarder comme un bien précieux au lieu d'y mettre le feu. » La vie avant tout, avec ou sans l'homme. Son amie Dominique Truco, qui depuis 2003 dirige la Biennale d'art contemporain de Melle dans les Deux-Sèvres, ne s'y est pas trompée quand elle le présenta comme « le Louis Pasteur luttant contre la rage des hommes à détruire la planète : son vaccin, c'est d'inoculer la vie ».

Gilles a commencé la sienne, de vie, en octobre 1943 à Argenton-sur-Creuse. Son père est négociant en vins, tandis que sa mère, tantôt brodeuse, tantôt championne de France de ski nautique, toujours bourgeoise, est vibrionnante et inaccessible. En 1950, la famille déménage à Oran. L'aventure arabe va durer huit ans, entrecoupée d'étés en métropole. L'enfant adore l'Algérie, qui devient son premier champ d'exploration naturelle, et les Algériens, avec lesquels il se sent en sécurité au souk, comme « protégé », me confie-t-il un après-midi d'avril 2022 où je le rencontre dans son atelier bohème et chaleureux de l'Est parisien. « Ça m'arrivait d'aller avec des camarades ramasser des asperges sauvages, qui poussaient partout, de la coriandre…

Je garde un bon souvenir de ce temps-là, qui a aussi été décisif pour moi à un autre niveau. » À un autre niveau ? L'histoire est déroutante : « Quand je rentrais à la maison, le soir, j'entendais dire du mal des Arabes. » Sa réaction est aussi radicale qu'irrévocable : du jour au lendemain, il cesse de parler aux adultes. Ils disent trop d'inepties. Il a 10 ans. Insolent, indépendant, le résistant est né. Il restera muet jusqu'à ses 18 ans. Il se jugera alors suffisamment outillé pour argumenter en retour.

Longtemps élève moyen, il finit par trouver sa voie en seconde à Paris, grâce aux conseils d'une professeure de sciences naturelles : paysagiste, ça existe ? « C'est à partir de ce moment-là que j'ai commencé à devenir un bon élève : je savais enfin ce que je faisais là. » Durant quatre ans, il étudie à l'École nationale supérieure du paysage de Versailles. Il en sort en 1969, « non diplômé… », glisse-t-il. Un sourire en coin contredit sa voix grave et posée : « Non diplômé… puisqu'on avait viré les profs ! » À lui la quille avec Jean-Jacques, son compagnon de chambrée. Voyage en Grèce en 2 CV, coopération au Nicaragua, traversée à pied de l'Amérique du Sud : les deux camarades de promo partagent autant d'aventures que de franches rigolades.

Fin de partie et retour à Versailles au début des années 1970. À l'époque, Jean-Jacques est communiste. Le premier, il tire vers la gauche son compagnon de chambrée. Mais c'est à René Dumont que

Gilles doit son premier pas vers l'écologie politique, à lui qu'ira son premier vote en 1974. Le jardinier se souvient parfaitement de l'intervention à l'ORTF du premier candidat écologiste à la présidentielle. Un godet à la main, l'agronome au chandail rouge prophétise que « nous allons bientôt manquer d'eau [...]. Avant la fin du siècle, si nous continuons un tel débordement. » C'est pourquoi il termine « en buvant devant [les électeurs] un verre d'eau précieuse ». « Ça a contribué à remettre en question mon acceptation du monde bourgeois », relate le pianiste poète.

Dans sa petite maison de granit, c'est l'heure de déjeuner. Je m'excuse de couper la salade. Il sourit. « Tu sais d'où vient cette règle de bienséance ? Jadis, on ne coupait pas la salade avec le couteau, car ils n'étaient pas en inox et la vinaigrette abîmait la lame. C'est une vieille légende qui n'a plus lieu d'être : ça m'énerve de voir ça. » Ça, et toutes les autres règles ridicules du monde bourgeois qu'il s'est fait une joie de pulvériser les unes après les autres, comme en passant le permis moto ou en portant un blouson en cuir.

Une fois son *non-diplôme* en poche, Gilles achète une camionnette et commence à concevoir des jardins pour des clients privés. Très vite, les riches Parisiens se l'arrachent. Obsédés par les revues de déco et la maîtrise de la nature, ils l'insupportent au plus haut point. « Au bout de quelques années, j'ai pété les plombs. Par miracle, j'ai accédé à la commande publique. » Dans les années 1980, il décroche les jardins de l'abbaye de Valloires dans la Somme, le parc André Citroën à Paris et le jardin du château de Blois. « Même si administrativement c'est un enfer, concède le paysagiste, bizarrement, ces lieux publics offrent aussi une liberté d'esprit qu'on n'a pas avec les particuliers. On peut proposer des choses complètement nouvelles. » Une liberté d'autant plus précieuse que, politiquement, l'écologie est alors combattue par les chantres de la société de consommation. « Après la candidature de René Dumont, raconte-t-il, sont apparus les discours sur ces *poètes* qui n'y connaissent rien ou ces *artistes* qui ne comprennent rien à l'économie. Et puis, à partir des années 1980, ça a été la catastrophe absolue avec l'arrivée des grands criminels : Reagan, Thatcher et la tyrannie planétaire de la loi du marché. »

« Gilles, c'est un révolutionnaire. Il n'a jamais milité comme moi au parti communiste, mais il milite par ses idées », relève son ami Jean-Jacques. Depuis le mutisme de l'adolescence, « je me suis rattrapé, acquiesce l'intéressé de ses yeux bleus et rieurs : j'ai crié, j'ai écrit ». Beaucoup. Une trentaine d'ouvrages, dont une dizaine « de [s]on propre désir ». Facétieuse, acérée et poétique, sa plume intimide qui s'aventurerait à le portraiturer. Mais sa résistance au monde marchand, c'est dans son propre jardin qu'il a commencé à l'exercer. Dans *Le Salon des Berces*[2], il expose comment, après deux ans de recherche acharnée, c'est finalement dans son pays creusois qu'il a trouvé son jardin rêvé. En 1977, il devient propriétaire de « La Vallée », cinq hectares de friche situés à un kilomètre seulement de La Grange, la maison de famille où il a grandi. En lisière y coule un ruisseau qui se jette dans le lac d'Éguzon, la « grande baignoire » où, savon en main, il se rend pour la toilette.

« Dès lors, écrit-il, je sais où j'habite[3]. » Entre 1977 et 1980, il y passe quinze jours par mois. Car si le jardin, idéal, est bien là, l'abri, lui, est manquant. Il s'improvise maçon et dessine sa maison qu'il bâtit à partir de ressources locales : les murs seront de granit et le toit de bardeaux[4] en robinier. La pente du terrain l'oblige à construire sur deux niveaux : le salon et la cuisine en bas, la chambre-bureau à l'étage. Ses amis lui viennent en aide. Encore aujourd'hui, une forêt de brosses à dents oubliées atteste que le partage ne s'est jamais tari. Durant quatre ans, cette maison lui assure « l'immersion dans le faire » et la légèreté d'esprit qui l'accompagne. Les quarante années suivantes, ce sera le plaisir de mettre les mains dans la terre. À la Vallée, on oublie les conventions étriquées et, sans même y prêter attention, on investit le seul monde possible, sobre et économe. Le lieu n'est pas relié au réseau électrique – quelques panneaux solaires ont remplacé le groupe électrogène au début des années 2000 – et le lave-linge est la seule machine jugée assez précieuse pour avoir droit de cité. « Pendant que nous économisons, la société dépense, regrette alors Gilles, elle produit les polluants de consommation courante que chacun, impérativement, doit se procurer, répondant aux injonctions publicitaires afin d'assouplir ses cheveux, faire briller ses dents, assainir sa maison, nettoyer son jardin et se profiler le corps selon les critères Barbie/Ken de la modernité. À la Vallée, nous avons les cheveux en bataille ; la maison se nettoie au balai et à l'eau ; l'équilibre du corps s'établit entre les actions vives et les pauses avant les fatigues du soir, lorsque nos résistances, sapées par un ultime effort, nous plongent, inertes, dans la nuit[5]. »

Avant même les fondations, « la première pièce de la maison » fut le potager, décisif pour « résister à l'asservissement à la société de consommation ». Cet acte minuscule, démultiplié à l'échelle planétaire, est idéal pour construire un futur commun. L'écoptimiste y voit « un territoire mental d'espérance, parce que quand on met une graine, c'est pour demain, on n'est pas dans la nostalgie, dans le "c'était mieux hier", mais dans une projection : une pomme de terre va en donner plusieurs ». Un soir à l'heure de l'apéro, alors qu'au micro de la Vallée, grillons et grenouilles se disputent la vedette, Gilles me parle de ses voyages. Car « c'est quand on revient qu'on sait où on habite ». Une fois la maison construite, il part faire le tour du monde. Bali sera une étape déterminante dans son ouverture aux autres. Pendant douze ans, il y retournera chaque année. Curieux, il est « pris par le charme invraisemblable de ces gens simples, souriants, attentifs aux autres » et connectés au vivant. « Ils m'ont relié avec les humains alors que j'étais devenu un peu misanthrope », raconte-t-il. Un jour qu'il interroge un prêtre sur la religion locale, la réponse le laisse béat : « Pour nous, la seule chose importante est que l'autre soit heureux. » Quoi ? Pas d'énième histoire de bagarre entre le bien et le mal ? Juste ça ? Il en fait l'un de ses préceptes de vie.

Juste à côté de la nécessaire désobéissance. Illustration à la Vallée. Celle-ci doit beaucoup aux berces du Caucase, ces gigantesques ombellifères charmeuses d'insectes qui ont inspiré au botaniste la théorie du jardin en mouvement. En France, la plante est punaisée haut sur le tableau des infréquentables car qui la croise de trop près se brûle, mais surtout, elle est classée parmi les invasives. À rebours des écologues, qui voient dans ces envahisseuses une cause majeure d'extermination de la biodiversité, l'essayiste défend la thèse d'un « jardin planétaire » où le brassage des espèces est inéluctable : « On est dans le jeu de la rencontre et de l'hybridation depuis toujours, observe-t-il. De tout temps, les plantes ont voyagé, certaines espèces ne pouvant même subsister que si elles passent par l'estomac d'un animal *dans* lequel elles voyagent. »

Le discours qui vise à user de violence contre les invasives l'exaspère : « Si aujourd'hui, on refuse les espèces qui s'installent chez nous parce que le climat leur devient favorable et que simultanément les espèces autochtones disparaissent à cause du changement climatique, il va rester quoi ? Rien. » Il préfère attendre la réponse du milieu et l'émergence d'un nouvel écosystème.

Désobéir encore quand le pouvoir déraille. Lorsqu'en 2007 Nicolas Sarkozy est élu président, armé de son projet « ultralibéral et cynique », le paysagiste annule aussi sec ses engagements avec l'État. Il se consacrera désormais aux seuls chantiers de résistance, « utiles à l'humanité et non dirigés contre elle ». Deux ans plus tard, il enfonce le clou à la biennale de Melle : il inaugure un jardin d'orties, en réaction à « la loi inique » de 2006[6] qui marchandise le vivant au profit des seules multinationales, interdisant (entre autres) l'usage du purin d'ortie par les particuliers. Aussi scandalisé que piquant, l'artiste transforme son jardin en… une fabrique à purin ; celui-ci est distribué gratuitement chaque vendredi sur le marché de Melle. Risqué mais éminemment jouissif.

Désobéir pour être heureux, surtout. À l'image de ces paysans passés au bio « qui ont le sourire et sont heureux de prendre eux-mêmes des décisions ». À l'inverse des exploitants industriels qui « exécutent comme des robots et sont malheureux. Résultat : 300 à 400 suicides par an, bravo ! Comment peut-on encore tolérer ça ? » Il est urgent de changer de mode de vie, et surtout d'utiliser le temps autrement. « Aujourd'hui, on nous oblige à être rentable en un temps très court, j'appelle ça “la névrose du clic”. On est dans l'illusion de la maîtrise grâce à la technologie, on a oublié que nous étions des animaux et que nous avons besoin de temps pour dormir, manger, rigoler, vivre. » Heureusement, des jeunes commencent à s'en rendre compte. « J'ai beaucoup, beaucoup apprécié la vidéo des étudiants d'AgroParisTech[7], confie-t-il. Ils ont compris qu'on leur apprenait à être des robots performants pour faire les pires conneries du monde. On ne leur apprend pas que les oiseaux changent de plumes au mois d'août. » Lui ne l'a appris qu'il y a trois ans en discutant avec le groupe des Chanteurs d'oiseaux, rencontré dans la Somme. « J'ignorais qu'ils ne chantaient pas à cette période-là à cause de leur mue, j'ai eu honte : pourquoi ne nous avait-on pas appris ça à l'école ? Pourquoi ne nous dit-on rien sur l'endroit où l'on vit ? »

Si Gilles n'avait qu'un combat, ce serait celui-là : l'enseignement. Prof à l'École du paysage de Versailles depuis 1979, le jardinier humaniste n'a depuis jamais cessé de diffuser la connaissance et l'envie d'agir. « L'enseignement m'enseigne », dit-il souvent. Pionnier de l'écologie, il a longtemps prêché dans le désert, mais depuis une petite quinzaine d'années, « les jeunes abordent plus le champ politique.

Ils en ont marre de voter pour des gens qui n'ont pas le pouvoir face aux multinationales, aux banques et aux laboratoires. Ils ont pris conscience que seuls la désobéissance civile et le passage à l'action étaient la solution. »

Quand ils évoquent les cours de Gilles, ses anciens élèves parlent moins de jardinage que d'espoir, d'invention, d'alternative et d'amitié. « Il sait valoriser la part d'utopie en chacun d'entre nous, celle qui va ouvrir vers plein de possibles », relève Rémi, devenu son ami. Idem pour Miguel : « Les autres profs m'ont appris des choses, lui m'a appris la vie, biologique, éthique. C'est le seul qui nous ait parlé du vivant et des enjeux de notre métier alors qu'on est quand même un peu là pour changer le monde… » Si certains ont fait de lui leur « père spirituel », lui croit en eux comme personne. Les générations futures, Gilles les voit comme des « oursons métis », une notion qu'il emprunte au philosophe Baptiste Morizot. Ces oursons sont les rejetons d'un ours brun et d'un ours polaire, qui ont fui leur territoire respectif à cause du réchauffement climatique. Déracinés, déboussolés, les parents sont stressés, mais « les jeunes, eux, réinventent leur mode de vie et, à leur tour, deviennent les enseignants de leurs géniteurs ».

Épilogue

2004 : passager clandestin de poteries chinoises, le frelon asiatique débarque dans le Lot-et-Garonne. En quelques années, il décime les abeilles européennes.

2014 : on découvre à Nantes que la Sarracenia, une plante carnivore venue d'Amérique du Nord, produit un nectar dont l'odeur attire le frelon asiatique. Fou d'amour, l'animal se laisse piéger, et dévorer.

Alors oui, le monde change vite et mal depuis quelques décennies. Mais il ne tient à rien pour qu'il change vite et bien, dès aujourd'hui. Une plante carnivore plantée au bon endroit, une sobriété énergétique inédite, un milliardaire américain qui lègue son entreprise à la planète… Tout arrive. Alors, non, ce n'est pas gagné. La bonne nouvelle, c'est qu'à chaque seconde qui passe, la communauté des gens aux yeux ouverts s'agrandit. Face aux Martiens d'Elon Musk, des Terriens se dressent et se mettent à tisser des liens, émancipateurs et joyeux. Qu'attendons-nous pour les rejoindre et sortir de notre zone de confort ? Avec eux, agissons. Ici et maintenant. Pour le meilleur. À quoi bon une planète rouge quand la bleue nous va si bien ? À quoi bon un rêve impossible quand notre incroyable Terre est à portée de volonté ? À quoi bon pleurer et céder à la paralysie, quand l'action est si belle et la compagnie si folle ?

Dorothée Moisan, écoptimiste... en devenir !

Sur la table de chevet des écoptimistes, quelques livres inspirants

Franck Courchamp

- J. R. R. Tolkien, *Le Seigneur des anneaux*, Pocket, 2005.
- Iain M. Banks, *Une forme de guerre*, Le Livre de poche, 2003 (et tous les autres tomes du *Cycle de la culture*).

Léonore Moncond'huy

- Louis Espinassous, *Pour une éducation buissonnière*, Hesse éditions, 2010.
- Tristan Garcia, *Nous*, Le Livre de Poche, 2018.
- Goliarda Sapienza, *L'Art de la joie*, Éditions Viviane Hamy, 2005.

Guillaume Meurice

- Yves Paccalet, *L'humanité disparaîtra, bon débarras !*, Arthaud, 2013.
- Ruwen Ogier, *L'Influence de l'odeur des croissants chauds sur la bonté humaine*, Grasset, 2011.

- Pablo Servigne et Gauthier Chapelle, *L'Entraide, l'autre loi de la jungle*, Les Liens qui libèrent, 2019.

Louise Arrivé

- Baptiste Morizot, *Raviver les braises du vivant*, Actes Sud, 2020.
- Romain Gary, *Les Racines du ciel*, Gallimard, « Folio », 2020.
- Claude Ponti, *L'Arbre sans fin*, L'École des loisirs, 2007 (et tous ses autres ouvrages).

Corentin de Chatelperron

- Antoine de Saint-Exupéry, *Terre des hommes*, Gallimard, « Folio », 1972.
- Bernard Moitessier, *La Longue Route*, J'ai lu, 2012.

Heïdi Sevestre

- Ernest Shackleton, *L'Endurance*, Phébus, 2022.
- BonPote et autres, *Tout comprendre (ou presque) sur le climat*, CNRS éditions, 2022.
- Michael Mann, *The New Climate War. The Fight to Take Back Our Planet*, PublicAffairs, 2021.
- Andri Snær Magnason, *Du temps et de l'eau*, Alisio, 2021.

Guillermo Fernandez

- Rebecca Solnit, *A Paradise Built in Hell*, Viking, 2009.
- Andrew Dana Hudson, *Our Shared Storm*, Fordham University Press, 2022.
- Pierre Kropotkine, *La Conquête du pain*, 1892.
- Ernest Callenbach, *Écotopia*, Rue de l'Échiquier, 2018.

Anne de Béthencourt

- Collectif sous la direction de Thierry Kazazian, *Il y aura l'âge des choses légères*, Victoires Éditions, 2003.
- Sous la coordination de Jean-Christophe Barralis et Sandy Proust, *Le Grand Livre de l'Appreciative Inquiry*, InterÉditions, 2021.

Gilles Clément

- Henri Laborit, *Éloge de la fuite*, Gallimard, « Folio essais », 1985.
- Philippe Descola, *Par-delà nature et culture*, Gallimard, « Folio essais », 2015.
- Jean-Henri Fabre, *Souvenirs entomologiques*, 1879.

Notes

Introduction. Tous écoptimistes !

1. Petit rongeur ressemblant à un cochon d'Inde dont une légende (qui s'est avérée fausse) raconte qu'il serait suicidaire en groupe quand l'effectif de sa population excède les ressources disponibles.

2. Groupe intergouvernemental d'experts sur l'évolution du climat.

3. Gardien de la paix dans la saga *La Guerre des étoiles* de George Lucas.

4. Apprentie Jedi.

5. L'An 01 signe pour Gébé l'année de bascule où toute la société décide d'arrêter de travailler, produire et consommer des choses inutiles : « On arrête tout, on réfléchit, et c'est pas triste. »

6. Équipe, en anglais.

7. Jean-Pierre Dupuy, *Pour un catastrophisme éclairé. Quand l'impossible est certain*, Seuil, 2002.

Le roi des animaux

1. Un auteur sur internet dont on ne sait même pas s'il existe vraiment, mais dont Franck adore la citation.

2. Un préposé au bonheur.

3. Diffusé sur Arte en 2019 sous le titre *Une espèce à part*.

4. La science des fourmis.

L'élue pop'

1. L'éducation populaire vise à faire évoluer les individus en dehors des cadres d'apprentissage traditionnels, afin de les aider à se forger leur propre opinion sur la société.

2. Poitiers compte 90 000 habitants et la communauté urbaine de Grand Poitiers un peu moins de 200 000, pour 30 000 étudiants.

3. Seuls 33 % des Poitevins sont allés voter au second tour.

4. À 3 500 euros net par mois.

Le bouffon du pouvoir

1. Précédemment intitulé « Meurice 2022 ». Ayant raté l'Élysée (d'un cheveu), Guillaume a eu l'incroyable énergie dès juin 2022 de se remettre en campagne pour 2027.

2. Yves Paccalet, *L'humanité disparaîtra, bon débarras !*, Arthaud, 2013.

3. Interview au magazine culturel marseillais *Ventilo*, le 8 novembre 2016.

4. Guillaume Meurice, *Les Vraies Gens*, J. C. Lattès, 2022, que je vous engage vraiment à lire. Intelligent et jouissif.

5. *Ibid.*

6. *Ibid.*

7. Pablo Servigne et Gauthier Chapelle, *L'Entraide, l'autre loi de la jungle*, Les Liens qui libèrent, 2019.

La pépite verte

1. Soit un mètre cube.

Le Petit Prince des low-tech

1. Corentin de Chatelperron, *Ma biosphère*, Arthaud, 2021.

2. Par opposition aux high-tech, les low-tech désignent les technologies douces et durables.

3. Série télévisée américaine où un aventurier se sort de situations délicates en détournant l'usage d'objets du quotidien, comme un stylo ou un trombone.

4. Corentin de Chatelperron, *Ma biosphère*, *op. cit.*

5. *Id.*, *L'Aventure de Tara Tari*, La Recouvrance, 2011.

6. Bernard Moitessier (1925-1994) était un navigateur français épris de liberté. En 1968, il participe à la première course autour du monde

en solitaire et sans escale. Alors qu'il est annoncé vainqueur, il renonce parce que, écrira-t-il plus tard dans *La Longue Route*, un des livres de chevet de Corentin, « je suis heureux en mer, et peut-être aussi pour sauver mon âme ».

7. Corentin de Chatelperron, *Ma biosphère*, *op. cit.*
8. www.lowtechlab.org
9. La Terre étant considérée comme « Biosphère 1 ».
10. *Ibid.*

Lady Shackleton

1. Brise-glace, en anglais.
2. Fromagerie de montagne.

Le punk solaire

1. Les prénoms de la famille de Guillermo ont été modifiés.
2. Interview vidéo au *Parisien* diffusée le 10 décembre 2021.
3. *Tomber sept fois, se relever huit* : c'est le titre du livre de Philippe Labro sur sa dépression (Gallimard, « Folio », 2005).
4. Conférences onusiennes sur le climat instituées en 1992.
5. Mamie Lucie, en italien.
6. Face à l'urgence climatique, la scientifique s'est jointe à des militants de Renovate Switzerland le 11 octobre 2022 pour bloquer une autoroute à Berne. « J'agis de la sorte car je ne vois pas d'autre façon de sauver l'humanité », a-t-elle déclaré alors.
7. Rebecca Solnit, *A Paradise Built in Hell*, Penguin Books, 2009.

L'émergicienne

1. Assemblée constituante au même titre que le Sénat et l'Assemblée, le CESE réunit 175 représentants de la société civile. Il conseille le gouvernement dans l'élaboration des lois.
2. Née en 1982, l'enseigne a compté jusqu'à une douzaine de restaurants. Elle a été rachetée par Quick en 1988, avant de disparaître en 1992.
3. Depuis fin 2020, Anne est trésorière et administratrice de la FNH.
4. Virginie Raisson-Victor est autrice notamment de *2033 – Atlas des futurs du monde*, Robert Laffont, 2010.

Le résisterre

1. Gilles Clément, *Le Jardin en mouvement*, Sens & Tonka, 1991.

2. *Id.*, *Le Salon des Berces*, NiL Éditions, 2009.

3. *Ibid.*

4. Petites planches en bois qui font office d'ardoise.

5. *Ibid.*

6. Il s'agit de la loi sur les préparations naturelles peu préoccupantes ou PNPP. Un décret paru en 2011 a réautorisé la vente du purin d'orties en jardineries mais la guerre de l'ortie continue.

7. Le 30 avril 2022, le collectif « Des agros qui bifurquent » a remis en cause les enseignements de la grande école parisienne, jugeant qu'ils les destinaient à des emplois destructeurs de l'environnement.

Table

DANS LA MÊME COLLECTION

Emmanuel Daniel
Le Tour de France des alternatives
2014

Grégoire Souchay, Marc Laimé
Sivens, le barrage de trop
2015

Nicolas de La Casinière
Les Saboteurs du climat
2015

Gaspard d'Allens, Lucile Leclair
Les Néo-Paysans
2016

Marie Astier
Quel pain voulons-nous ?
2016

Tiffany Blandin
Un monde sans travail ?
2017

Gaspard d'Allens, Andrea Fuori
Bure, la bataille du nucléaire
2017

Grégoire Souchay
Les Mirages de l'éolien
2018

Élisabeth Schneiter
Les Héros de l'environnement
2018

Gaspard d'Allens
Main basse sur nos forêts
2019

Christine Laurent
Mon jardin sans pétrole
2019

Isabelle Attard
Comment je suis devenue anarchiste
2019

Ouvrage collectif
*L'Écologie du XXI*e *siècle*
2020

Lucile Leclair
Pandémies, une production industrielle
2020

Matthieu Auzanneau, Hortense Chauvin
Pétrole. Le déclin est proche
2021

Lucile Leclair
Hold-up sur la terre
2022

Fabien Benoit, Nicolas Celnik
Techno-luttes. Enquête sur ceux qui résistent à la technologie
2022

DE LA MÊME AUTRICE

Le Justicier
Enquête sur un président au-dessus des lois
Éditions du Moment, 2011

Rançon$
Enquête sur le business des otages
Fayard, 2013

Et soudain ils ne riaient plus
Les trois jours où tout a basculé
Les Arènes, 2016

Les Plastiqueurs
Enquête sur ces industriels qui nous empoisonnent
KERO, 2021

RÉALISATION : NORD COMPO À VILLENEUVE-D'ASCQ
IMPRESSION : NORMANDIE ROTO IMPRESSION S.A.S À LONRAI
DÉPÔT LÉGAL : FÉVRIER 2023 N° 152337 (2205809)
IMPRIMÉ EN FRANCE